好きな子の親友に密かに迫られている

せま

SUKINAKO NO SHINYU NI HISOKANI SEMARARETE IRU

土車甫／illust おれあず

SUKINAKO NO SHINYU NI
HISOKANI SEMARARETE IRU

「夜咲！　好きだ、付き合ってくれ！」

「そういうのやめなさいよ！」

瀬古蓮兎（せこれんと）

美彩にほぼ毎日告白しては撃沈している。なのにもかかわらず美彩、そして晴とも仲が良いので周りからは不思議がられている。

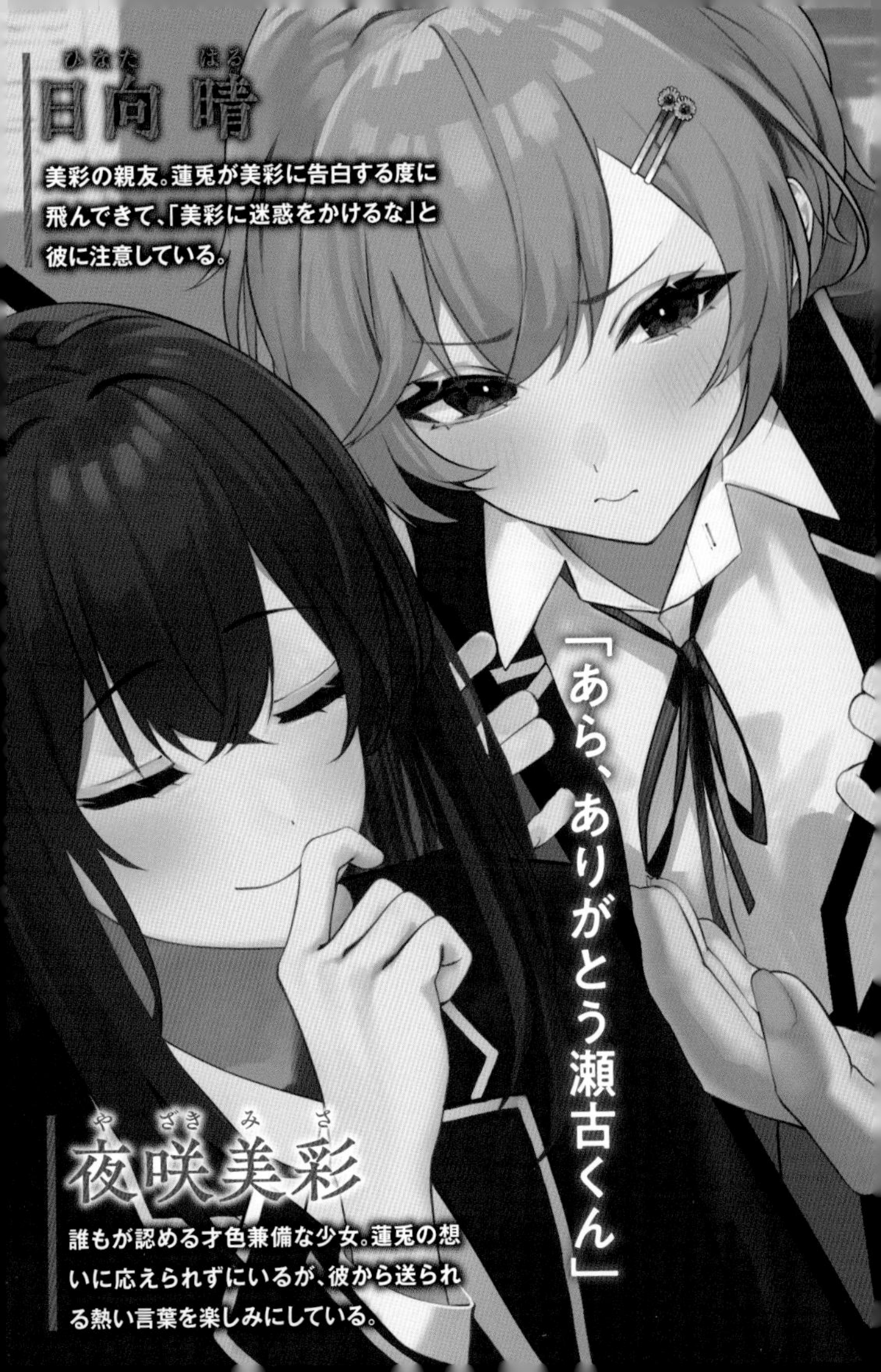

日向晴（ひなた　はる）

美彩の親友。蓮兎が美彩に告白する度に飛んできて、「美彩に迷惑をかけるな」と彼に注意している。

「あら、ありがとう瀬古くん」

夜咲美彩（やざき　みさ）

誰もが認める才色兼備な少女。蓮兎の想いに応えられずにいるが、彼から送られる熱い言葉を楽しみにしている。

彼女と目が合う。これで二回目だ。
前回は呆れたような目をされた。しかし今回――
「ふふっ」
彼女は微笑んでいた。

俺は確信した。
夜咲美彩に恋をしてしまったのだと。
SUKINAKO NO SHINYU NI
HISOKANI SEMARARETE IRU

「いいよ。きて。
今日もたくさんあたしで解消して」

SUKINAKO NO SHINYU NI
HISOKANI SEMARARETE IRU

「……あたしは？」
「瀬古くん、どうかしら」
意外だったのが、
堂々とした姿の夜咲に対して、
日向は顔を紅潮させて恥ずかしそうに
身をよじらせていたことだ。
SUKINAKO NO SHINYU NI
HISOKANI SEMARARETE IRU

好きな子の親友に密かに迫られている

土車 甫

角川スニーカー文庫

23921

SUKINAKO NO SHINYU NI
HISOKANI
SEMARARETE IRU

CONTENTS

口絵・本文イラスト／おれあず
デザイン／最上志穂（LUCK'A Inc.）

今日も退屈な授業をなんとか乗り切ることができた。全生徒が待ちに待った放課後がやってくる。

一目散に帰宅する者。何人かと一緒に部室へと向かう者。授業の不明な点を先生に聞きに行く勤勉な者。人それぞれの放課後模様がある。

俺たち三人は誰も部活に入っておらず、かといって特に予定もないのでゆっくりと帰路に就く。

「そういえば割と近所に有名なケーキバイキング店ができたらしいな」

「え、ほんと？　うわー行ってみたいなー。ってかよくそんなの知ってるね」

「テレビで取り上げられてたんだよ」

「うわ出た。テレビで見たってやつ」

「それは別にいいだろ。実績あるんだし」

「少し興味あるわね。でもデザートをたくさん食べるのって少し気が引けるわ」

「え、なんで？」

「だって、その、カロリーが気になるじゃない」

「大丈夫だよ、こんなに細いんだし！　ケーキ食べ放題なんて絶対幸せでしかないって。さっそく今週末行こうよ！　ね！」

茶色に染めたショートヘアの少女はそう言って、黒くて綺麗な長い髪を持つ少女に抱きつく。

ロングヘアの少女はそんな彼女を受け止めると、「仕方ないわね」といった表情で彼女の頭を撫でる。

そんな様子を俺はそばで眺める。二人はよくこんな風にスキンシップを取る。最近は特にこうして一緒に帰る時に多い。

抱きついたままじゃ帰れないということで、二人は代わりに手を繋いで歩行を再開した。どうして女の子は女子同士で手を繋いだり腕を組んで歩いたりするんだろう。そんなどうでもいいことを考えながら俺も隣を歩く。

しばらく歩き、小さな公園が見える岐路まで来たところで俺は立ち止まる。俺の家はここを左に曲がったところにあるため、二人とはここでお別れなのだ。

「それじゃあ、また明日な」

「……ええ。また明日」

「わ〜い。やっと二人っきりだ〜！　ほら、あんたは早く行きなよ」

「さっきから独占しておいてよく言うよ。ったく、またな」

「二人っきりではなかったし！　ふんっ、またねっ」

べーッと舌を出して最後まで挑発に余念のない茶髪の少女と黒髪の少女が歩いていく姿

をしばらく眺めた後、俺は岐路を曲がり……近くの公園に入った。そしてお決まりのベンチに座る。

日当たりが良好で心地よく、ぼーっとするのに丁度いい。

この紫外線が俺の中にある悪い物質を除去してくれたらいいのに。

そんなことを考えるが、俺が今ここに居続けていることが、それはありえないことなのだと証明している。

しばらく呆けていると、俺が座っている正面に誰かがやって来た。

ここは陽だまりスポットで、太陽のような女の子との待ち合わせ場所。

彼女の茶髪が夕陽に照らされて明度が強くなり、思わず目を逸らしたくなる。

「それじゃあ、今日もうち、行こ」

さっき別れたばかりの彼女の掛ける声に「あぁ」と応じて彼女の隣に立ち、一緒に公園を出る。

さっきまで三人で歩いていたのに。もう一人には内緒で、今は彼女と二人、肩を並べて町中を歩く。目的地は彼女の家。

道中、俺たちの間に会話はない。別にそんな決まりがあるわけでもなく、何となく話さない空気になっている。でも決して居心地の悪いものではない。

町の環境音や自分たちの足音、そして彼女の息遣いが耳に入ってくる。それがどこか心地いい。

公園からそこそこの時間歩くと既に隣町に入っており、彼女の家に到着した。

一般的な一軒家。彼女はバッグから取り出した鍵でその扉を開け、俺を中に誘ってくれる。俺はその誘導に従い、慣れた動作で靴を脱いで家に入る。

二階に上がり、そして彼女の部屋に入る。マンガが収まった本棚の一部には、輝かしい成績を讃えるトロフィーや盾と一緒に、ユニフォーム姿の部屋の主の写真が飾られている。

部屋の中ほどまで進み、いつもの位置にどかっと荷物を置く。決して軽くはない荷物を肩から下ろして、ふぅと一息つく。

「ねぇ」

同じく荷物を置いた彼女が、俺に向かってその小さな手を両方差し出してきた。

「手ぇつなご」

「繋ぐって言っても、普通片手じゃない？」

「いいから、ほら。あたしの手、摑んでよ」

彼女の真意がよく分からないまま、俺は彼女の両手を摑んだ。

俺の手より一回り、いや二回りほど小さな手。少しぷにっとした柔らかい手。とても愛らしい手に触れる。

「もっとガッツリ触っていいよ」

「うーん、さっきからよく分からないんだけど。こんな感じ？」

さっきまでは掴んでいただけだったが、手のひらを優しく撫でたり、あるいは手全体を揉むように触る。

すると、「んっ」と彼女の口から艶っぽい声が漏れる。

一瞬動きを止めたが、彼女が何も言わないので再開する。

「ぁっ……どう？　この手であの子の髪の毛とか、お腹とか。たくさん触ったんだよ。感触伝わった？」

「いやぁ、流石にこれじゃあ分かんないだろ」

俺は今、ただ目の前の少女の手の感触を楽しんでいるだけだ。相変わらず、すべすべで気持ちがいい。

しばらくその手を楽しんでいると、

「次、しよっか」

と彼女は小さな声で言って、

「ん」

俺に向かって両手を広げて固まった。

彼女は詳しいことはは何も言わない。だけど何をするべきなのかは分かるため、俺は行動に移す。

彼女に近寄り、そっとその身体を抱きしめる。すると向こうも俺の背中に腕を回してきて、そのまま腕に力を入れてくる。

十秒ほどそうしていただろうか。彼女は「ちがうちがう」と言いながら俺の両肩に手を置いて突き放してくる。

そして、

「こっちだよ」

俺の後頭部に手を添えて、俺の顔を自分の胸あたりに誘導する。

「んっ」

鼻先が彼女の胸に着いた瞬間、彼女の口から息と声が漏れた。

身体の内で何かが湧き上がるのを感じる。

「ほら。どうかな。今日たくさん抱きついたよ。さっきも別れ際に抱きついたんだ。あの子の匂い、たくさんついてるでしょ？」

そう言われて匂いを嗅いでみると、柑橘(かんきつ)系の香りと花のような香りの二種類を感じ取った。後者がその匂いなのだと分かる。

「うん。ついてる」

「いい匂い？」

「そうだな」

きた。

「……そっか。じゃあ、もっと嗅がせてあげる」

彼女はそう言うと、両手を俺の後頭部に回し、自分の胸に押しつけるように力を入れてきた。

少し息がしづらくて苦しいし匂いを楽しむ余裕もないのだが、俺はそれを甘んじて受け入れる。奥の方にある匂いを嗅ぐために。

しばらくすると満足したのか、俺の後頭部にかかっていた力が抜けたので彼女の身体から離れると、彼女の両手の位置が下がっていき、俺の背中のあたりに来たところで一気に引き寄せられた。

そしてそのまま力を込めて抱きしめてくる。

「どうかした？」

「……ううん、なんでもない」

彼女は小さな声でそう答え、俺から離れる。

少し曇らせた彼女の表情を見て、俺は再び彼女の体を抱き寄せたいと思ってしまう。本当の気持ちを聞き出して、慰めたいと思ってしまう。

だけど、そんなことはしない。いや、できない。

俺たちは今、そういう関係ではないから。

彼女は目の前で、俺たちの通う高校の制服を脱いでいく。

赤いリボンが床に落ち、シャツの第三ボタンあたりまで開けたところで、彼女はベッドへと移動した。

ベッドに腰掛け、そのまま寝転んでしまう。

そして彼女は両手を俺に向けて言う。

「いいよ。きて。今日もたくさんあたしで解消して」

その誘いに、掻き立てられる己の欲望に、今日も俺は素直に従う。

第一話　瀬古蓮兎の恋

俺、瀬古蓮兎のクラスの立ち位置は、イジられ役である。

学校という閉鎖的なコミュニティには自然とカーストが生まれる。

中学に入学して以降、俺はいわゆる上位層に属していた。しかし、俺がイケてるからとかそういう理由ではない。上位層の玩具として持ち込まれただけだった。

上位層はどこか華やかだった。ただ駄弁っているだけでも、これが青春だと言わんばかりの爽やかな魅力があった。そこに属している俺も、傍から見たら輝いて見えたのかもしれない。

だけど俺の心は貧しかった。望んでもいない立場を与えられ、それが当然だという空気に呑まれる。自分が何のために存在しているのか分からなくなった。しかし、自分から動こうとは思わない。だから今ここにいるのだ。

学年が上がってクラス替えが行われてもそれは続く。三年生になって新しい教室に向かうと、上位層の男子に「おい、こっちに来いよ」なんて手招きをされる。それは友人を招くソレではない。だけど俺はそれに従う。

「こいつモノマネが得意らしいんだよ。ほら、やってみせろよ。今ドラマで話題のアレだよアレ」

そいつとは一年の頃からずっと同じクラスで、今までもこうして俺に無茶振りをし、情けない俺を馬鹿にすることで笑いを取っている。それが分かっているのに実行しようとしている俺は本当に馬鹿だ。

チラッとグループの面子を見ると、一人見慣れない顔があった。今回のクラス替えで初めて一緒になった女子だ。どうやらこの子に自分の力をアピールしたいらしい。

そんなことはどうでもいい。今は言われたことをやるだけだ。

「二倍返しだ！」

家で母さんが見ているのをチラッと見ただけのドラマのワンシーンを真似てみせる。

元々俺はモノマネが得意なわけでもないし、その作品を知らないからクオリティはお察しである。だけど、これがやつの注文通りのものなのだ。

「ブヒャヒャ！　何だよお前、下手くそだなあ！　得意って言うのは嘘だったのかよ！」

そいつが笑ったのを皮切りに、周囲のクラスメイトも笑い始める。

俺も顔を伏せながら「ハハッ」と苦笑を漏らす。

だけど、その中で一人、笑っていない人がいた。

「つまらない」

彼女がそんな感想を口にした瞬間、場の空気が凍った。俺に無茶振りをしてきた男子生徒は狼狽し、周囲のやつらは気まずそうに目を伏せている。

「お、面白くなかった？　おい瀬古！　てめえがつまらないモノマネをするから――」

「やらせたのはあなたでしょ？　どうして彼に責任を擦りつけているのよ。他のみんなも、同調するだけで、誰もこの状況がおかしいと思わないの？　……つまらない人たちね」

彼女は呆れたような口調でそう言う。俺をイジりあげていたクラスメイトたちがどんどん小さく見えてくる。

次の瞬間、彼女の目と俺の目が合った。その大きくて綺麗な黒い瞳に意識が引き込まれてしまいそうになる。

「あなたも自分の意志を持たず、彼らの言いなりになって。つまらないわ」

彼女はそう言うと踵を返し、長くて綺麗な黒髪を靡かせながら俺たちのもとから離れていった。

それ以降、彼らが俺をイジってくるようなことはなかった。そのため、俺は上位層グループに居場所をなくし、完全に独りになってしまった。

しかし、彼女の言葉が俺の脳内で何度もリフレインされる。「自分の意志を持たないつまらない男」だと。

このままではいけないと思った。自分を変えたい。そのためにはまず、自分から動いてこの状況を打破する必要があると思えた。

能動的に動くのだ。

「あ、あの」

「ぬ……？」

「……なんでしょう？」

昼休み。教室の片隅で談笑している男子二人組のもとへ話しかけに行くと、彼らは俺の顔を見て訝しげな表情を浮かべた。

それもそうだ。彼らもあの一部始終を見ていたのだ。あいつらに捨てられたからこっちに流れてきたんだろう。そう思われても仕方がなかった。

だけどここで逃げたらダメだと、なんとか踏ん張る。

「盗み聞きみたいになってごめん。さっきトルパニの話をしてたと思うんだけど、俺も会話に入れてくれないかな……？」

トルパニ。正式名称『トルネード・パニック』。風魔法を操る主人公がヒロインを襲う魔物たちを撃退する話で、その風魔法によって発生するちょっとエッチなシーンが盛り込まれた少年マンガだ。

彼らは先ほどからトルパニについて談笑をしていた。実は俺もその作品を愛読しているため、彼らと話がしたいと思ったのだ。

俺に話しかけられたクラスメイトの一人はメガネをクイッと上げ、目を……いや、メガネを光らせる。

「推しは誰かね」

「えっ。えっと……フ、フウちゃんかな」

「ふむ。あどけなさが残るショートカットの容姿をした活発少女のフウか。どこに魅かれたのだね？」

「いつも元気良くてムードメーカーだけど、実は周りのことをよく見ていて、陰では悩んでいたりするのが健気で。あと……こっそり主人公に恋しているところ」

「分かる!! にわかはやたら元気の良さを推してきたり、優しい性格が良いと言ってくるが、彼女の魅力の真髄は別にある！　表と裏、つまり陽と陰のギャップ、そして密かに抱く恋心。あぁ甘美なり。お主、なかなか分かっているじゃないか」

「ど、どうも」

予想外のハイテンションなリアクションが返ってきたため、少し怯んでしまう。

しかし、心の中は晴れ晴れとしていた。靄がかかっていた視界が、パッと開けたような気がする。

自分が読んでいるマンガの話をすることなんて今までなかった。思えば、初めて自分の好みを語ったような気がする。

「ちなみに我はウインドちゃん推しだ。あの巨乳は最高だ」

「にわか代表みたいなコメントが出てきたぞ」

「何を言うか！　巨乳なくしてウインドちゃんを語れるわけがないだろう！」

「小田(おだ)くんはまだまだですな。ちなみに僕の嫁はタツマキちゃんです。ロリこそ至高」

「…………」

「…………ん？」

「いやいや、理由続かないのかよ。まだ浅いコメントしかしてないぞ」

「タツマキちゃんの魅力を伝えるのに多くを語る必要はないってことですよ」

「物は言いようだなぁ」

彼らと話しているとついついツッコミを入れてしまう。そのやりとりは小気味がよかった。彼らもへへっと笑っている。

彼らを囲っていた輪が広がり、俺もその中に加えられたのを感じる。

それから彼ら、小田と真庭(まにわ)とたわいもない話をしていると、なんとなく視線を感じてそちらを振り向いた。その先には、俺が変わるきっかけを与えてくれた彼女——夜咲美彩(やざきみさ)がいた。

彼女と目が合う。これで二回目だ。前回は呆れたような目をされた。しかし今回——

「ふふっ」

彼女は微笑(ほほえ)んでいた。

なんとなく、彼女に認められた気がして。その瞬間、俺の胸が大きく跳ねるのを感じた。

心臓は一度大きく跳ねた後、その高鳴りを維持し続ける。

それは授業中も、放課後家に帰って一人になっても続いた。眠る前、目を瞑ると胸の激しい鼓動を感じながら脳内にはあの笑みが浮かび上がる。

俺は確信した。夜咲美彩に恋をしてしまったのだと。

三年生に上がってから数週間が経った頃。

登校時あれだけ重たかった足取りが、最近は軽く感じる。

学校へ行くことにストレスを感じなくなったのだ。もはや楽しみにすら感じる。いや、やっぱり授業は面倒だけど。それでも小田たちと談笑するのは楽しい。

それに。同じ教室に彼女がいるから。

「なあ、小田。真庭。なんでトルパニの主人公ってあんなにモテるんだろうな」

教室の端。小田の席の周りに集まって雑談をしている時、俺はそんな話題を切り出した。

「どうした瀬古氏。そんな藪から棒に」

「……いや、ふと気になってさ。十人近いヒロインに言い寄られるってどんだけだよって」

「僕もその気持ちは分かりますよ。ですが、あれはあくまでフィクションです。真に受けてはいけませんよ」

そう言われてしまえばそれまでなんだが、と思っていると小田が勢いよく立ち上がった。

「真庭氏！　それは違うぞ！　フィクションであろうと、それを楽しむ者は我々生きた人間。ヒロインに好かれるような魅力それすなわち、我々読者も魅かれるものが主人公にはあるはず！　……この世に全く参考にならない作品などないのだよ」

熱弁を終えた小田を、真庭は目を輝かせて見つめる。

「お、小田くん！　僕が間違っていたよ！　そうさ。僕たちの教科書は学校で配られる数学や理科だけじゃない。マンガや小説だって立派な人生の教科書なんだ！」

「ふっ。真庭氏も理解してくれたか。我は嬉しいぞ」

満足した小田は自分の席に座り直す。

俺が投げかけた話題は小田と真庭によって予想外の盛り上がりを見せたが、本題はそこではない。

「それで、小田はどう思う？」

「ふむ。彼の作品は主人公がヒロインを危機から救うことで惚れられるケースが多い。そういった面では、主人公にはヒーロー的な魅力があると言えるな」

「つまり、彼女らがピンチの時に駆けつけることのできる人ということですな」

想像する。彼女が窮地に立たされて、そこへ颯爽と駆けつける俺の姿を。

……彼女がそのような状況に陥ること自体イメージができない。

渋い顔をする俺を見て、小田が柔らかい笑みを浮かべる。

「なに。人に惹かれる魅力はそれに限らんよ。よく考えてみなされ。我らの両親が皆、ロマンティックな馴れ初めを持っているとは思えないだろう」

「たしかに」

「僕の両親からそのような話を聞いたことはありませんね」

「うむ。まぁ我も現実の恋愛経験があるわけではないが、これだけは言えるよ。人が人に惹かれるのは、その人の日常的な行動にあると」

「おぉ。小田はやっぱりかっこいいなぁ」

「さすが恋愛マスターですね！」

俺と真庭は言葉を並べ立てて小田を褒める。

すると小田はふふんと鼻を高くした後、恥ずかしくなったのか「あ、あまり褒めないでくれぇ」と俺たちを止めにかかる。そんな小田の様子を見て思わず笑いが漏れる。

小田は恋愛ゲームをこよなく愛しており、幾多の作品をプレイしてきている。そのためか、恋愛面においてたまに達観した考えを述べることがある。果たしてそれが参考になるのか、経験値ゼロの俺には分からないが、胸に響くのは確かだった。

ふと、視界に入ったクラスメイトの動きが気になった。教壇の上に集められたノートを持ち上げている。さっきの授業終わりに先生から提出を求められた俺たちのノートだ。

大量のノートを抱えたことで両手が塞がってしまっている。これでは教室のドアを開けることは難しいだろうと考え、近くのドアを開けてやる。

これで困らないだろうと安心し視線を戻すと、小田と目が合った。

「瀬古氏」

「ん、なに？」

「……いや。そういえば、トルパニの主人公にはもう一つ絶対的な魅力があると思ってな。──それは優しさ。生きとし生けるものが必要とするもの。それを自然に与えることができる。だからあのヒロインたちは、彼に惚れるのではないだろうか」

「なんか壮大だな」

「簡単だと思っているものが、意外と難しかったりするのだよ」

「分かります。推しのD賞が欲しい時に限って、別キャラのA賞やB賞が当たってしまうんですよねぇ」

「ぬはは！　いい例えだな。さすが真庭氏だ」

今度は小田が真庭を褒め称え、真庭は照れ臭そうに自身の頭を掻く。

その例えは俺には刺さらなかったけど、なんとなく理解することはできた。

俺にとっては今の立ち位置を確保するのでさえ困難であったが、人によっては容易だと言うだろう。そんな風に、ある人にとっては簡単なものが、他の人には難しいこともある。

「でも、一人で生きていけそうな人もいますよね。例えば、ほら――」

真庭の視線の先を追う。いや、追わなくても分かる。

その先にあるのは夜咲の席だ。

休憩時間であるにもかかわらず、夜咲は自分の席に座り、持参した小説を一人で読みふけている。そんな光景を見るのは今日だけではない。

「実は僕たち、彼女とは一年生の頃からずっと同じクラスなんです。初めは彼女の周りにも人が集まってくるのですが、誰も彼女と打ち解けることができず、最終的にはいつもこのような形に落ち着きますね」

「まるでカーストのトップオブザトップ。三角形の頂点は限りなく小さく、そこに到達した者は他人を必要とせず、一人で全てをこなすことができる。我々とは違う次元に生きているのかもしれんな」

「孤高の姫って感じですね。いやあ、クールです」

「クールといえば、真庭の推しキャラであるタツマキもクールだよな」

「甘いですよ、瀬古くん。タツマキちゃんは一見冷たく感じますが、ボクっ娘(こ)であったり語尾に『っす』を付けたりと、そういった話し方の節々に可愛らしさが出ていてそれがまた無表情とのギャップも生まれて彼女の魅力が爆発的なものに――」

「あ、うん。軽率なことを言った。たしかに夜咲のキャラとは全く違うな」

俺がそう言うと、真庭は分かってくれたのならそれでいいと頷く。タツマキの魅力を伝えるのに多くを語る必要はないと言っていた真庭はどこへ。やっぱり推しのことになると喋りが止まらなくなるものなのだろうか。

「……ん？」

少し離れたところから視線を感じた。その方向は先ほど俺が視線を向けた場所だった。心臓の鼓動が激しくなる。今振り向けば、目が合う気がする。それを避けるために首の向きを固定する。……どうして？

彼女は一人の時間を楽しんでいて、それを邪魔することになるから。……彼女の気持ちなんていつ聞いたんだ。

それに、なぜかは分からないけど、視線をくれているのは向こうだ。

そもそも、俺はどうしたいんだ。同じ空間にいても、別々の場所にいても、彼女のことを考えているくせに。臆病になって未だ話しかけられずにいる。

そんなの、今までの俺と同じじゃないか。

意を決して振り向く。やはり目が合った。キリッとした綺麗な瞳が俺の目を見つめている。胸の鼓動が指先まで感じるくらい激しくなった。

「小田。真庭。俺ちょっと行ってくるよ」

「え、どこにですか？」

「瀬古氏。ご武運を祈るよ」

「あぁ、ありがとう」

「あれ。事態を呑み込めてないのは僕だけですか？」

　恋愛の達人である小田は察してくれたようだが、真庭は困惑した様子を見せる。悪いけど説明する余裕はない。決心が揺らぐ前に行動したいんだ。

　小田たちのもとから離れ、彼女の席へとまっすぐ歩く。

　その間、俺たちは見つめ合ったままだった。恥ずかしさはあった。だけど、彼女の瞳が視線を逸らすことを許さなかった。それだけ、彼女は魅力的だった。

「や、やじゃき！」

　そして、俺は開口一番、彼女の名前を盛大に噛んでしまった。

◇

　約十四年余りとまだまだ短い人生ではあったが、今ほど恥ずかしい思いをしたことはない。穴がなくても掘って入りたい。おそらく俺の顔は真っ赤になっていることだろう。それを見た彼女がどう思うか。それを想像するだけでまた恥ずかしくなってくる。

「ふふっ」

彼女の名前を呼んだまま固まってしまった俺に、彼女、夜咲は微笑みを向ける。あの時ぶりに見たその笑顔に、俺はまた見惚れてしまう。

「どうしたの、瀬古くん」

「お、俺の名前、知ってたの？」

「……ええ。クラスメイトなのだから、当然でしょう」

夜咲に俺の名前を知られていることが分かり喜んだのも束の間、俺が特別なわけじゃないことが判明し、気分は少し沈んでしまう。だけど、やはり名前を知ってもらっているのは嬉しい。

「えっと。夜咲と話がしたいなって思ってさ」

「あら、奇遇ね。私も瀬古くんとお話ししたいと思っていたのよ」

「えっ、なんで!?」

「さっき……彼らとお話をしていたみたいだけれど、その中で私の名前が出てこなかったかしら」

「あ、あー……」

困った。小田たちとの会話が聞こえていたらしい。

別に陰口を言っていたわけじゃないけど、正直に話すのは気まずい。それに俺がトルパニを愛読していることを夜咲には知られたくない。

だからといって嘘をつくのも忍びなく、ぼやかした回答をすることにした。

「ごめん。ちょっと夜咲のイメージについて話してた」

「私のイメージ？　冷たいとか愛想がない、ってところかしら」

「ち、違うって！　夜咲はたしかに一見そんな印象を受けるかもしれないけど、その中に確かな自分を持っていて、その信念に従った行動を取れるのってある意味熱い想いを持っているんじゃないかなって思うんだ。ほら、手が冷たい人って心はあたたかいって言うじゃん。それって表面は冷たい人ほど内側はあたたかいってことなんじゃないかなって。それに他人の理不尽をつまらないって一蹴したのも、誰よりも平等な心を持っていると言えるし」

俺は早口で捲し立てるように彼女を褒め称えた後、

「……俺は、そんな夜咲のかっこいい生き様に救われたんだ。遅くなったけど、あの時はありがとう」

お礼を言い、夜咲に頭を下げた。

さっき真庭のタツマキに対する情熱に苦笑していたはずが、今の俺はまさにそれだった。推し夜咲を前にして、俺の考える彼女の魅力を本人にベラベラと喋ってしまった。

恥ずかしい。夜咲の顔を見ることができない。このまま顔を上げずに小田たちのもとへ戻りたいくらいだ。

そんな不審な行動を取ろうか考えていた時、「瀬古くん。顔を上げて」と夜咲の声が聞こえた。それはとても柔らかく、彼女自身が語る彼女のイメージとは全く異なるものだった。

声に従って顔を上げる。すると、目の前にはとびきりの笑顔を浮かべた夜咲がいた。

「ありがとう、瀬古くん」

そしてなぜか、今度は逆に俺が夜咲にお礼を言われる。

夜咲の笑顔に見惚れていたところにお礼を言われ、俺の頭はパニックを起こす。

「え、な、なんで？　夜咲が？　俺にお礼を？」

「だって瀬古くん、私のことをたくさん褒めてくれるんだもの」

「そんな。夜咲はそういった称賛は聞き飽きてると思ってた」

「……いいえ。あなたのような言葉を貰ったのは初めてよ。だから、ありがとう」

一時は自分の口を縫い合わせてやろうかと思ったが、そう言ってもらえるならあの時暴走したこの口を許してあげられる。

「それに、あれは私がしたくてしたことだから。瀬古くんが気にすることはないわ」

「いやでも、俺はあの時たしかに夜咲に救われたわけだし」

「……そう。それならこうしましょう」

夜咲は両手の人差し指を一本ずつ立てて続けた。

「お礼として、今後も今日みたいに私とお話する。もしくは、お礼抜きにただのクラスメイトとして私とお話する。……私は後者をおすすめするのだけれど、どうかしら」

夜咲が提示した二択は実質一択で、どのみち俺としては願ったり叶ったりの内容だった。

小田が言っていた。カーストのトップに君臨した夜咲は他人を必要としていないと。だけど俺にはそう思えなかった。

たしかに夜咲は一人で何でもこなすことができそうなスペックを持ち合わせている。それでも、他人を全く必要としないなんてことはないはずだ。

今まで彼女の隣に誰もいなかったのは、彼女をちゃんと理解してやれる人がいなかったから。ただそれだけな気がする。

「せっかくだし、夜咲のおすすめにしようかな」

「ふふっ。そちらを選んでくれて嬉しいわ」

彼女の良き理解者になること。それが、彼女への恩返しになるような気がした。

その日以降、俺は夜咲とたわいもない話をするようになった。

初めは共通の話題が見つからず、何を話せばいいのか悩みに悩み、なかなか話しかけられずにいた。

そんな感じでまごまごしていると、夜咲の視線を感じた。

このまま話しかけに行かないわけにもいかず、俺はノープランで特攻することになった。

「夜咲。昨日の月9のドラマ見た？」

「ごめんなさい。私あまりドラマを見ないの」

「そ、そっか。あ、この前のびっくり仰天ニュースは？」

「ごめんなさい。テレビ自体、あまり見ないの」

もうグダグダすぎて心が折れそうになる。

俺たちはまだお互いのことを何も知らない。そのため共通の話題を見つけることが困難なのだ。

ただ、同じ学校に通い、同じクラスであるという共通点はある。ふと思い出した、進級時に受けさせられたテストの話を出す。

「……この前のテストの話でもする？」

「私は別に構わないけれど」

「ちなみに夜咲は何点だった？」

「全て満点だったわ」

「めっちゃ面白い話のネタ持ってるじゃん！　え、なんでそんなに勉強できるの？　ってそりゃ努力してるからか！　うわー、俺も全教科満点とか取ってみて〜そして言ってみて〜」

「……ふふ。何それ」

少しおちゃらけた話し方をしてみると、夜咲が笑ってくれた。

好感触を得られたことで内心ほっとする。

「瀬古くん」

俺の名前を呼んだ夜咲は、俺の目をまっすぐ見つめてくる。

その目は少しだけ不安そうに揺れていた。

「どうしてすぐに来てくれなかったの？」

「えっと、話題が見つからなくてさ」

「……そう。瀬古くんは彼らとお話をする時も、そうやって話題が思いつくまで一緒にいようとしないのかしら」

夜咲はむすっとした表情をする。

そんな表情もするんだなと思うと同時に、彼女の可愛らしい一面を見てしまいドキドキしてしまう。

「いいえ、もっと気軽なものです」

「それなら私ともっと気軽に接して欲しいわ」

「精進します。……でも、失敗したくないなって思っちゃうんだよ」

「失敗の何がいけないの？　私たちはまだお互いをよく知らないのだから、たくさんお話して、多くの経験を積むべきだと思うの。そしていつか、私も……」

そこで夜咲は小田たちの方を一瞥した。

俺は夜咲を特別視しすぎてしまっていたのかもしれない。そりゃ好きな人なのだから意識してしまうものだけど、それとは別の、繊細なものを扱うような仕草。そんなもの夜咲は求めていないだろうに。

失敗を恐れず、何度も挑戦するべき。そんな彼女の言葉を胸に、俺は思いつく話題を全て振るようにした。

もちろん彼女の反応が芳しくない話題もあったけど、彼女は気にしていない様子だったし、俺もすぐに次の話題へと移るようにした。

次第に俺たちは自然と共通の話題を提供し合い、話も盛り上がるようになった。

例えば、こんな会話があった。

「この前の中間テストでさ、直前にバーッて問題集のページを開いて見直したところがバッチリ出たんだよ。こんな偶然ってあるんだなって感動しちゃったよ」

「あら、それはよかったわね。でも私、偶然はありえないと思っているのよ」

「えー。でも本当に適当に開いたページだったんだぜ」

「ちなみに瀬古くんはその問題集を開いたのは初めてかしら」

「いや全然。学校で配られていて課題にもなってたやつだよ」

「そう。それなら本に開き癖があるでしょう。それに試験対策で前日も瀬古くんはその問題集を解いていたんじゃないかしら。であれば、瀬古くんは無意識に開くべきページの目処(めど)が付いていたと思うの」

「うーん、否定できない。たしかにそう言われれば偶然でもない気がしてきた」

「この世の全ての事象には因果関係があると思うの。もしその原因が分からなくても、それはただその原因を観測できていないだけ。ちなみにこの考え方は原因と結果の法則なんて言われているわ」

「法則名まで出されたら敵(かな)わないや。しかし、夜咲は物知りだな」

「父の影響かしら。父の書斎にたくさん本があって、自由に読んでいいと言われているから」

　夜咲の育ちの良さを垣間見(かいまみ)た瞬間だった。

　そして、また別の日。夜咲の出した話題で昼休憩が丸々潰れたこともあった。

「瀬古くんは普段、休日は何をしているの？」

「うーん、そうだな。最近は小田たちと出かけたりしてるよ」

「えっと、ごめんなさい。小田って人はどなたかしら」

「ほら、俺がよくつるんでる二人組の男子の体が大きい方だよ。……あれ？　夜咲はクラスメイト全員の名前を把握しているんじゃ？」

「……ド忘れしてしまっていただけよ」

「夜咲でもそういうことあるんだな」

「瀬古くんは私を完璧超人のように思っているみたいだけれど、私もただの人間よ。欠けているところだってあるわ」

「夜咲に欠点？　思いつかないなぁ」

「あら。人付き合いの悪さには定評があるのだけれど」

「それは俺も人のこと言えないし、ただ気の合う人と今まで出会ってこなかっただけなんじゃない？　俺は夜咲とこうして話をしていて楽しいよ。たまに飛び出す豆知識もツボだし、意外と俺のしょうもない話で笑ってくれるしさ」

「……意外は余計。でも、ありがとう、瀬古くん。嬉しいわ」

　俺にお礼を言って微笑む夜咲。

　その笑顔に俺は見惚れながらも、腑抜けた声で「どういたしまして」となんとか返す。

　こんな風に、小田たちと話す時と遜色ないくらいまともな会話ができるようになっていた。

そして、そんな俺たちの様子を見て、一部のクラスメイトが揶揄ってくるようになった。

今までの理不尽なイジりではなく俺の行動によって起きたものであるため、俺自身は気にならなかった。だけど夜咲にとっては迷惑かもしれない。

そんな俺の考えを読み取ったのか、夜咲は頰を小さく膨らませて言う。

「瀬古くん。周囲を気にして私から離れるべきか考えているでしょう」

「あー……バレた？」

「周りの人なんて気にする必要ないわ。気にするべきは当事者である私たちの気持ちだけ。もしかして、瀬古くんは嫌だったかしら」

「そんなわけない！　俺にとって、こうして夜咲と話をしている時間はかけがえのない時間だし、本音を言えば失いたくないよ」

「……そう。それならいいでしょう？　私も気にしないから。瀬古くんが嫌ではない限り、周囲にどんなことを思われても」

また、彼女に救われた気がした。

周りを気にすることなく自分の意志を貫き通す彼女の姿勢は、やっぱりかっこいい。

そんな憧れる彼女を見て改めて思う。

俺は彼女、夜咲美彩のことが好きだと。

◇

時は過ぎ去り、冬が到来して肌寒くなった頃。

今まで教室で大騒ぎしていた連中も静かになり、耳に入ってくる話題は高校受験に関することで持ち切りになっていた。

俺や小田たちも例外ではなく、どこに進学を希望しているかとか、冬期講習は受けるべきなのかという話をしていた。

特に打ち合わせもしていなかったのだが、俺と小田は近所の同じ高校を希望することが分かった。真庭は県内トップの高校を希望するらしく、残念だが全員の受験が上手く行けば俺たちは進学と同時に別れてしまうことになった。

そこで俺は初めて気づいた。夜咲とも進学をきっかけに疎遠になってしまうのではないかと。

急いで彼女のもとに行き、進路希望先を聞いてみたところ、

「ごめんなさい。誰にも言う気はないの」

と言われてしまい、それ以上聞くことはできなかった。

答えてくれるものだとばかり思っていたため、正直この結果はショックだった。

夜咲の進路先を知りたい人は俺以外にも多くいたが、そもそも夜咲に話しかけられるの

は俺くらいなものだったので、誰も聞き出すことはできずにいた。

そのため、彼女の志望校を聞く機会を失った俺は受験期間を悶々(もんもん)と過ごすことになった。

「情報通の小田さんや。何か知ってたりしない？」

「すまぬ。夜咲氏に関しては情報が入ってこないのだよ。どれだけアンテナを張ろうと、知っている者が誰一人いなければ意味がないからな」

「夜咲さんはミステリアスな方ってことですね」

「話してみると意外とそんな感じはしないんだけどな」

夜咲は決して秘密主義ではないし、会話の中で花が開いたように笑うことだってある。

だからこそ、今回、進路先を教えてくれなかったのはかなり意外だった。

「先生方なら把握しているだろうが、時世もあって個人情報をおいそれと教えてはくれぬだろうしな」

「今は受験勉強を頑張るしかないってことか」

「そうですよ！　瀬古くんも僕と同じ高校を目指せるくらい学力を向上させましょう！　手伝いますよ！」

「わ、我を独りにしないでくれ〜瀬古氏〜」

「いやぁ、真庭の志望校は俺には現実的に難しいだろ。だから小田、そんな今にも泣きそうな目で見ないでくれ。心が痛くなる」

もしかしたら夜咲も真庭と同じ高校を目指している可能性だってある。いや、順当にいけばその可能性の方が高い。

小田にはああ言ったが、彼女ともっと同じ時間を過ごしたいのであれば、その学力のレベルに到達するよう今は勉強するしかないのかもしれない。

それからの俺は、一層身を入れて勉強に取り組んだ。

塾や冬期講習には通わなかったが、親に買ってもらった問題集をとことん解きまくり、分からないところがあれば真庭に聞いたりした。

結果、過去問のほとんどを難なく解けるくらいまでの学力を身につけることができた。

そして迎えた三者面談の日。ここでの話し合いで受験校が決まるのだが、

「瀬古くんは前から志望していた高校を受けるのが無難ですね」

担任にそう告げられ、志望校を変えることは叶わなかった。

もちろん食い下がろうとはした。しかし、担任は最近の俺の成長具合を認めつつも、公立の高校を受験する際は内申点も重要であることを説明してくれた。

これまで不真面目とまではいかないが、授業に対して積極的な姿勢を見せなかった俺の成績はとりわけ高いものではなかった。

つまり、エンジンをかけるのが遅かったらしい。

悔しい結果にはなってしまったが、元々志望していた高校の合格の太鼓判は押されたの

で、最近の努力が全くの無意味だったわけではないことが救いだった。

その後、俺を抜いた母さんと担任の面談が始まるとのことで、俺だけ先に教室を出た。

自分に関する大人たちの話を聞いて得することなんてないので、ここは聞き耳を立てることなんてせずに教室から離れることにする。

どこで時間を潰したものかと校内を徘徊(はいかい)していると、昇降口に立って校門の方を見つめる少女を見かけた。夜咲だ。

「あら、瀬古くん」

俺の存在に気づいた夜咲に先に声をかけられた。

「夜咲もこれから三者面談？」

「ええ。母を待っているところなの」

彼女が校門を眺めていた理由が分かり胸中で納得する。

「なるほどね。でもそこじゃ寒いし、もっと中で待った方がいいんじゃない？」

「それもそうね。そうするわ」

俺の提案を受け入れてくれた夜咲は、上履きに履き替え、昇降口に面した廊下に立っていた俺の隣にやって来た。瞬間、俺の体温が上がったのを感じる。

「ふふ。たしかに暖かいわね」

「……だなぁ」

心情を読み取られないように、少し適当な返事をしてしまう。

だけど夜咲は気にしていないみたいで、そのまま話を続ける。

「瀬古くんは終わったの？　三者面談」

「うん。俺が参加する分はちょうどさっきね。今は母さんだけが話してるよ」

「そう。瀬古くんのお母様、一度お会いしてみたいわね」

「何を期待しているのか分からないけど、特に面白い人じゃないぞ」

「別に面白さを期待なんてしていないわ。……瀬古くんのお母様だから会ってみたいの。それが理由ではだめかしら」

俺の方を見ず、昇降口の先に視線をやりながら夜咲はそんなことを言う。

俺も夜咲から視線を逸らし、少し遠くを見ながら「だめじゃない」という言葉を絞り出す。

それから数秒間、俺たちの間に沈黙が流れた。

その沈黙を破ったのは夜咲の笑い声だった。

「ふふっ。よかった。断られたらどうしようかと思ったわ」

「断ったりなんかしないよ。……あ、いや待って。やっぱり恥ずかしいかも」

「だめよ。瀬古くんは一度許可したのだから。もうこの決定を覆させたりなんかしないんだから」

そう言って夜咲はいたずらっぽく微笑む。

その笑顔にまた心を射抜かれるちょろい俺は、決定したらしい現実を甘んじて受け入れることにする。

夜咲は俺の母親に会うのが楽しみだと言いながら再び微笑んだ後、少し話題を変えてきた。

「ところで。瀬古くんの志望校は以前から変わりないのかしら」

「あー、うん。このままの調子なら大丈夫だってさ」

「それはよかったわ。太鼓判をいただけたのなら気持ちにも余裕ができるもの」

「だなぁ」

わざわざネガティブな方を話す意味もなく、俺はポジティブな方の結果のみを話した。

すると夜咲は一緒に喜んでくれ、やっぱりこちらを話してよかったと思える。

そういえば、夜咲の志望校を聞いてみた際に一度だけ俺の志望校を話したっけ。夜咲は俺の志望校を把握しているけど、結局あれ以降も聞くことができず、俺はまだ彼女の志望校を把握できていない。

再認識してしまった事実に落ち込んでいると、少し離れたところから聞き慣れた声が聞こえてきた。

「蓮兎ー。先生とのお話終わったから帰るよー」

声の主は振り返らなくても分かる。母さんだ。

「あら。もしかして瀬古くんのお母様？」

さすが夜咲だ。俺の名前を呼ぶ女性が俺の母さんであると一瞬で見抜いてしまった。

夜咲には母さんと会わせる約束をしてしまったわけだけど、やっぱり好きな子を自分の母親に会わせるのは恥ずかしい。なにより母さんが何を口走るか分かったもんじゃない。

だったら今俺がやるべきなのは——逃げることしかないだろう。

「あー面談終わったみたいだなー。夜咲のお母さんも来るだろうし、そろそろお暇しようかなー」

我ながらひどい演技でその場を立ち去ろうとする俺。

「瀬古くん？」

夜咲から少し圧を感じたが、ここで押し切られたらいけないと決意を固くして振り向かないようにする。

次の日、何を言われるか分かったもんじゃないが、この場を凌ぎ切れば今回は回避できる。次の機会が来るまでに母さんに口止めができるんだ——！

「蓮兎。隣の女の子は誰？」

ところがどっこい。そうは問屋が卸さなかった。

前から来た母さんが夜咲に興味を示してしまったことで、俺の足が止まってしまう。

そして、その隙を見逃さないのが夜咲だった。

「お母様。初めまして。瀬古くんのクラスメイトの夜咲美彩と申します」

夜咲は俺の前に出て、母さんに丁寧に挨拶をする。

母さんは一瞬面食らった表情を浮かべたが、夜咲の名前を聞いて「あぁ」と呟き優しく微笑んだ。

「あなたが。どうも、うちのバカ息子がお世話になってます」

「い、いいえ。お世話になっているなんてそんな。むしろ瀬古くんには付き合ってもらっているといいますか」

「いいのいいの。もう好きなだけ振り回しちゃって。その方が蓮兎にとってもご褒美になるんだから」

「おーい。お母様ー。夜咲に変なことを吹き込まないでくださいませんかー」

これ以上余計なことを言わないよう止めるが、母さんは悪い顔を浮かべるだけで一切引こうという気配を見せない。

夜咲も夜咲で、母さんの発言に興味を示している。

「瀬古くんにとってご褒美、ですか？」

「そうそう。それにしても綺麗ね、あなた。蓮兎が話していた通りだわ」

「瀬古くんはお家で私のことをお話してくれているんですか？」

「それはもう、たくさん。なんで同じ教室にいるのか分からないくらい賢いとか、誰にでも臆せず自分の意見をぶつけることができてかっこいいとか、それと……自分を救ってくれたんだって。……美彩ちゃん」

母さんの表情がふと真面目なものになる。そして、

「蓮兎を助けてくれて、本当にありがとう」

お礼の言葉を述べて頭を下げた。

突然のことで俺も驚いたが、当人である夜咲は分かりやすく慌て始めた。彼女にしては珍しい様子だ。

「あ、頭を上げてください。私は自分が言いたいことを言っただけで、その後、周りの環境を変えることができたのは瀬古くん自身の努力の賜物(たまもの)です。ですので、瀬古くんのお母様が私に頭を下げる必要なんてありません」

「美彩ちゃん……」

ゆっくりと頭を上げた母さんは、揺れる瞳で夜咲のことを見つめた後——なんと彼女に抱きついた。

「きゃっ⁉」

「もう美彩ちゃん最高！　惚(ほ)れちゃいそうだわ！」

「お、お母様……」

「おいおいおいおい。母さん、流石にやりすぎだって。てかなにどさくさに紛れて夜咲のこと名前で呼んでるんだよ！」

「あら、美彩ちゃんは嫌だった？」

「い、いえ。決してそんなことは」

「ほら、美彩ちゃんはこう言ってるわよ。はぁ、男の嫉妬は醜いわねぇ」

「夜咲は優しいから母さんに気を遣ってるんだって！」

俺は母さんの後ろに周り、その体を夜咲から引き剝がす。

「ほら、夜咲もこのあと三者面談あるんだから帰るよ」

「私はこのまま美彩ちゃんと三者面談したいんだけど」

「いいからそういうのは！」

「……ふふ。瀬古くんはお母様似なのね」

「待って夜咲。それどういうこと？」

「だって……ふふっ」

俺の質問に夜咲はいたずらっぽく笑うだけで答えない。だけど可愛いから許してしまう。

母さんは許さないけど。

それからほぼ強引に母さんを引っ張って、俺は夜咲と別れて帰路に就いた。

「ああなると思ったから母さんを夜咲に会わせたくなかったんだよ……」

「ねえ蓮兎。今度、美彩ちゃんをうちに連れてきてよ。もっとお話したいわ」

「今の俺の言葉聞こえてなかった……？」

「いいじゃない。あんたの情けないところも美彩ちゃんなら包み込んでくれるわよ。それにいつかバレるんだから、今のうちに教えておいてあげるの」

なんとも余計なお世話な話ではあるが、今後ずっと俺の恥部を隠し続けるのが難しいのも分かる。そりゃ努力はするけど。

俺はわざとらしく大きくため息をつく。

「機会があれば誘ってみるよ」

「母さんから言っておいてなんだけど、あんたにそんな度胸あるとは思えないから期待していないわよ」

「はいはいそうですか」

「……蓮兎」

「ん？」

「美彩ちゃんと出会えてよかったわね」

「……うん」

夜咲関係の母さんの発言について色々思うところはあるけど。それだけはしっかりと肯定した。

◇

冬の寒さも本格的に厳しくなってきてからしばらく経った頃。

ついに俺たちは受験本番を迎えていた。

現地集合ということで受験する高校へ直に向かい、先に来ていた小田と合流した。

知人がいるのは心強いなと思っていたのだが、小田とは受験番号で割り振られた教室が異なっており、離ればなれになってしまった。同じ中学校の生徒が集められるわけではないらしい。不正防止を考えると妥当か。

一気に心細くなったし、小さなトラブルはあったものの、俺は自分の力を出し切ったといえる結果で終わった。

そしてまた時は過ぎ去り一週間後。

俺は再び受験した高校へと出向いていた。俺だけではなく、うちの中学からはもちろん他の中学の生徒も来ている。

そう、今日は合格発表の日。

時間になると、合格者の受験番号は校舎前の掲示板に張り出されることになっている。

「うぅ。緊張するなぁ瀬古氏」

「大丈夫だって。俺たちなら受かってるって」

緊張で震えている小田の肩を叩き、その時間を待つ。

「来たぞ！」

丸めた大きな紙を持った高校の教師が二名やってくると、どこからともなくそのような声が聞こえてきた。

手を合わせ祈る者。現実を知ることを拒んで目を背ける者。ただただ紙が掲示板に貼られていく様子を眺める者、など。様々な人間模様が見られる中、ついにその結果が発表された――

「や、やったああああああ」

「ある！　あるぞ！」

「あ、あはは……ない……」

「見落としてるだけ。僕の番号は絶対にあるはず。探せ探せ探せ」

掲示板の前に集まった生徒たちから歓声や悲鳴が上がる中、俺は自分の手元にある数字を確認して、ガッツポーズを取った。

「瀬古氏！　我の受験番号があった！　あった！」

「俺もあったよ。小田。高校でもよろしくな」

「ふぅ……もちろんだ。我と瀬古氏が紡ぐハッピーハイスクール編が始まるのだからな」

「どんな高校生活だよそれ」

「あまり細かいことは気にするな。……おっと、失礼。母親に結果を伝えねばならんのでな。少し電話してくる故、席を外させてもらう」

「ごゆっくり」

小田が離れていって一人になった。

「……ふう」

さて。長くも短かった受験が終わり一段落ついたところだが、俺は次のことを考えなければならない。

夜咲のことだ。

おそらく夜咲と俺は別々の高校に通うことになってしまう。所属するコミュニティが違うと、どうしても関係は希薄になってしまうものだ。

ならば、夜咲と一番関係値が高いのは今なんじゃないだろうか。

ともなれば、告白する絶好のタイミングは中学校を卒業するまでの期間しかない。

覚悟を決めろ、俺。自分の気持ちを伝えるだけだ。結果がどうなろうと、夜咲に俺の想いを知ってもらうんだ。

もう既に緊張しているのだろうか。目の前に夜咲の姿が見える。

「瀬古くん」

なんと幻聴まで聞こえてしまう始末。俺の体は告白当日までもつのだろうか。

「瀬古くん？」

あぁ、訝しげに首を傾げる夜咲も可愛いな。

「……無視するなんて寂しいわ、瀬古くん」

「へっ⁉」

我に返り、何度も瞬きをする。だけど夜咲の姿は消えない。

目の前に見える夜咲は幻覚なんかじゃなく、正真正銘、夜咲本人だった。

頬を小さく膨らませ、俺のことを軽く睨んでいる。

「……え、夜咲？」

「瀬古くん。さっきから呼んでいるのだけれど、どうして反応してくれないのかしら」

「あ、いや、え？　待って待って。どうして夜咲がここに？」

「どうしてって……ふふっ。まだ気づいていなかったの？　もしかして瀬古くんもかなり緊張していたのかしら？」

夜咲はくすくすと上品に笑った後、手に持っていた受験票を見せてきた。

「私もここを受験したからに決まっているじゃない」

そこには、俺が受けた高校の名前と全く同じものが書かれていた。

「さっき小さくガッツポーズをしていたのだし、瀬古くんも受かったのよね」

「え、見てたの⁉　恥ずっ……ってそうじゃなくて。ごめん夜咲、もう一回言って」

「瀬古くんが掲示板を見た後、手元で小さくガッツポーズを……」

「その一個前！　恥ずかしいから二度も言わないで！」

「ふふっ、ごめんなさい。……私も瀬古くんと同じ高校に通うことになったの。だから、瀬古くん。これからもよろしくね」

「……えええええええええええええ!?」

　この日、この会場で一番大きな声を出したのは、間違いなく俺だっただろう。

　それくらい、夜咲の口から発された事実は衝撃的だった。

　新しい制服に袖を通し、三年間お世話になる学舎へと向かう。

　卒業した中学校も徒歩で通えるほど近かったが、これから通う高校も徒歩で通うことができる。ここに住居を構えてくれた親には感謝だ。

　学校に着き、事前に伝えられていた教室へ向かうと既にほとんどのクラスメイトは揃っているようだった。

　その中には小田、そして夜咲がいる。

　二人に話しかけようとすると、俺とほぼ同時に入ってきた担任らしき教師が教壇に立った。

「うーい、席に着け。これから入学式の会場に案内するから点呼取るぞ」

やる気の感じられない喋(しゃべ)り方をするその女性教師の指示に従い、俺は二人への挨拶を断念して自分の席に着く。

それから、俺たちのクラスの担任となる松居(まつい)先生の軽い自己紹介の後、俺たちは入学式の会場となる体育館へと誘導された。

その移動中、クラスメイトの会話が聞こえてきた。

「なあ、あの子めっちゃ可愛(かわい)くないか」

「あぁ。俺たちついてるな」

「ねえ、見て。あの子の肌すっごく綺麗(きれい)」

「髪も綺麗……目も大きくて鼻筋が通ってて、本当に同じ人間なのかなぁ」

それはいずれも夜咲を称賛する言葉だった。

分かってはいたが、夜咲の美貌は中学だけでなく高校でも通用するものだったらしく、クラスメイトは夜咲をチラチラ見ながら感想を言い合っている。

一方で、当の本人は全く意に介さない様子。それがまたかっこいいと言われてしまう。最強だ。

こうなることは予想できていた。いずれ校内で夜咲を巡っての紛争が起きるだろうということも。

だから俺は若干焦っていた。夜咲と同じ高校に通うことができると分かりホッとしたのも束の間、ライバルが激増してしまうという事実に気づいてしまったからだ。

そこで俺は考えたのだ。先手を打ってしまえばいいじゃないかと。

合格発表の日に一度は覚悟した身だ。タイミングが少し後ろにずれこんだだけで、やることは変わりない。

入学式の後、担任から軽く学校生活に関する説明を受け、続いてのクラスメイトの自己紹介を終えると初日は終了した。

松居先生の「はい、今日はもう解散」という声を合図に、俺はすぐさま夜咲のもとに向かい声をかけた。この後、一緒に校舎裏に来て欲しいと。

夜咲は快諾してくれた。

そして慣れない校内を歩き、校舎裏まで夜咲と一緒に歩いて向かった。その間、俺の心臓は暴れまくっており、口から飛び出てしまうのではないかと心配になった。

人気のない校舎裏に到着すると足を止め、俺は夜咲と向かい合わせになる。

「どうしたの？　瀬古くん」

風が舞い上がり、揺れる彼女の髪と桜吹雪が幻想的だ。

そんな彼女に見惚れながらも、俺は自分の想いを告白する。

「好きです……付き合ってください！」

なんの色気もない告白の言葉。昨晩、遅くまで考えた『ぼくのさいきょうのこくはく』は先ほどから頭の片隅にすら残っていない。彼女の姿を前にした瞬間、消え失せたのだ。まだ寒さが残る春先の季節。それなのに顔は熱く、耳まで熱を感じる。彼女は俺の告白に一瞬驚いたような表情を浮かべた。元から大きな目が見開かれる。息を呑む。彼女から目を逸らしてしまいたい。だけど返事をもらえるまで動くことができない。

彼女の動きに注目する。そして次の瞬間、彼女の艶のある唇が開かれ――

「ごめんなさい」

彼女は申し訳なさそうに。だけど、はっきりとそう言った。

第二話　不思議なデルタ

高校の入学式に想い人に告白した俺は、あえなく玉砕してしまった。

だけど一度ダメだったからと諦めるなんてことはしない。俺は学んだのだ。何度も挑戦することが大事だと。そうすれば、いつかその努力は花開くのだと。

だが、毎回ただ「付き合ってくれ」と言うのは味気ないと思えた。俺の気持ちが偽りではないことも伝えたいし、何より彼女の笑顔が見たい。

他にも告白のシチュエーションを工夫することで成功する確率も上がるのではないか、なんてことも考えたが良い案は思い浮かばなかった。

結局、秘策を考えつくこともなく就寝し、翌日、俺はまた夜咲(やざき)に告白をしていた。

「昨日言いそびれたけど高校の制服も似合ってるな夜咲！　好きだ、付き合ってくれ！」

教室、それも周囲にクラスメイトがいるという環境下であるのにもかかわらず。彼女を前にして内なる衝動を抑えられなかった結果だった。

「あら、ありがとう。結構気に入っているのよ、このデザイン」

告白に対する答えは返ってこず、つまりは二度目の玉砕を迎えたことになるのだろうけど、彼女の口元が綻んでいるのを見て、俺は少し安堵(あんど)する。告白する前に彼女のことを褒めたからだろうか。

「なんだあいつ、急に告白？　アホかよ」

「ぷっ。フラれてやんの」

「へー、おもしれえやつ」

俺を嘲笑するような声が周りから聞こえる。それは仕方のないことで、俺自身はその声が気にならなかった。だけど、

「あなたたち、何を笑っているの。人が必死になっている姿を見て笑うなんて、つまらない人たちね」

なぜか一番の被害者であるはずの夜咲がそのことを一番気にしており、俺のことを庇(かば)ってくれた。

夜咲に睨(にら)まれたクラスメイトたちはバツの悪そうな顔をして、俺たちから視線を外す。

この状況を作り出した張本人である俺がお礼を言うのも変だが、一応お礼は言わないとな、と感謝の言葉を口にしようとしたその時、全員俺たちから離れていったと思ったはずが、一人のクラスメイトがこちらに近づいてきた。

短く切り揃えられた癖のある茶髪が特徴的な彼女は、俺と夜咲の間に割り込むように入ってきて、俺の正面に立って言った。

「あんた、そういうのやめなさいよ！　彼女も困ってるでしょ！」

　俺たちの間に介入してきたそのクラスメイトは、腕を組んでふんっと鼻を鳴らす。

「別に私は困っていないのだけれど」

「みたいだぞ」

「そんなの惨めなあんたに優しくしてくれてるだけよ！　あなたも、こんなやつに優しくしていたら碌(ろく)な目にあわ――めっちゃ可愛(かわい)い！　ってか美人さん！　わっ、わっ、間近で見るともっとやばい。何がやばいってもう全てがやばい！」

「やばいのはお前の語彙力だ」

「う、うるさい！」

「……ふふ」

　俺たちがいがみ合う中、夜咲はくすくすと笑う。

　それによって気が抜けてしまった俺たちは睨み合うのをやめて夜咲に体を向ける。

「ねえ、大丈夫？」

「ええ。さっきも言ったけれど私は困っていないから。でも声をかけてくれて嬉(うれ)しいわ。あなた、優しいのね」

「あ、えへへ。褒められちゃった」

「私は夜咲美彩(みさ)。あなたの名前を聞いてもいいかしら」

「あたしは日向晴(ひなたはる)！　晴って呼んでよ。あたしもあなたのこと美彩って呼びたいからさ！」

「構わないわ。よろしくね、晴」

「うん！」

目の前で夜咲との距離を一気に詰めていくクラスメイト、日向。俺はそのスピード感に圧倒されつつ嫉妬してしまう。

彼女を恨めしく見ていると、彼女がこちらを振り向いて目が合う。すると向こうはすぐに視線を逸らし、美彩の方を向き直した。

「彼とは同じ中学校出身なの。だから彼の素性は知っているし、危険性は微塵もないわ」

「……ふーん。瀬古って前からこんな感じなの？」

「そういうわけではないのだけれど……あら？　私、瀬古くんの名前言ったかしら」

俺はその違和感に気づかなかったため、頭上にハテナを浮かべる。俺の名前？

指摘された日向は分かりやすく狼狽している。

「い、言ってたよさっき。美彩が瀬古の名前を！」

「言っていないわ。私、記憶力はいい方なの。特に自分の発言には気をつけているつもりなのだけれど」

「あ、あれー？　おかしいなあ。どこかで聞いたと思うんだけどなぁ」

夜咲の容赦ない追及に目を泳がせまくる日向。

事情は知らないけど、このまま夜咲に詰められるのを見ていられなかったため、俺はフォローを入れることにした。

「昨日、クラス全員で一人ずつ前に出て自己紹介しただろ。だから一応名乗ってはいるんだよ。その時に聞いたのをたまたま覚えていたんじゃない？」

「……うん。そうだ。その時に聞いて、偶然覚えてたんだ。あはは」

自身の後頭部に手をやって笑う日向。どうも嘘（うそ）っぽい感じはしない。

夜咲は納得してくれたのか、「そう」とだけ呟（つぶや）いて追及の手を止めた。

「まあ、改めて。俺は瀬古蓮兎（れんと）。よろしくな、日向」

「う、うん。よろしく」

一応俺も挨拶してみたところ、意外にも日向は応じてくれた。

先ほどのことで、彼女は俺を夜咲に公開告白するやべーやつだと認識しているはずなので、俺とはよろしくしてくれないと思っていた。

「私たち、なんだか仲良くなれそうね」

夜咲がそんなことを言う。

日向の反応を見ると、分かりづらかったが小さく頷（うなず）いていた。

果たしてその中に俺は含まれているのか。あまり自信が持てず、俺は苦笑いを浮かべるしかなかった。

◇

　授業と授業の間の短い休憩時間。

　俺は小田（おだ）の席に移動し、彼と雑談をしていた。

「それにしても瀬古氏、我は驚いたぞ。まさか朝からあのような場面に遭遇するとは」

「暴走機関車は走り出したら止まらないんだ」

「暴走しているという自覚はあるのだな」

「一応な」

「ふむ。……大丈夫なのか、瀬古氏。入学早々このように目立って」

「自分の気持ちに従った結果なら、周りから何を言われても気にしないよ」

「そうか。それならばよいのだ。もう一点懸念すべきは夜咲氏の方だが、彼女は本当に嫌であればはっきり言うだろうし、現状はあまり心配する必要はないのかもしれんな。……ところで、今こうして夜咲氏のところではなく我のところに来ているのは、瀬古氏の中で思うところがあるのではないか？」

「何言ってるんだ。俺は小田との時間も大切にしたいんだよ」

「瀬古氏……」

「小田……」

小田と見つめ合う。しかし、小田はすぐに目を伏せ、メガネをクイッと上げる。

「我は瀬古氏の親友として、そのようなものでは誤魔化(ごまか)されないぞ。やはり何か思うところがあるのだな」

「……参った。さすが俺の親友だよ、小田」

「むふふ。まあ、先ほどの言葉、我は嬉しかったがな」

「あぁ。あと、さっきのは本音だからな」

再び小田と視線を交わす。俺たちの間に確かな友情を感じた。

俺と小田は約一年という時間を経て友情を育ててきた。ここまで成熟したのも俺としては速かったと思っている。

しかし、そんな俺たちと同等の友情を、俺の視線の先、夜咲と日向の間にも感じる。

「日向氏、だったかな。彼女は人の懐に入るのが得意なタイプなのかもしれんな」

「それだけじゃ納得いかねえよ。俺がコツコツと深めていった夜咲との仲をたった一日、いや数時間で越えてきやがったんだぞ」

「……なるほど。瀬古氏の懸念はそこにあるのだな」

そう。俺は最大のライバルの登場に震えていたのだった。

日向は夜咲の席に来ており、夜咲と楽しく話をしている。

明るく軽快に話し、ころころと変わる日向の表情は見ていて飽きない。そんな親しみやすい彼女に、夜咲は気を許した笑みを浮かべている。

なにより二人は既に下の名前で呼び合っている。それがもう悔しくて仕方がない。俺の観測史上、これまでに彼女とそこまで親しくなった人はいなかった。

二人はもうたしかに友人同士といえる間柄になっている。日向の身長は低いため、二人は仲の良い姉妹のようにも見えるが。

そんな二人の様子を観察していると、なんと日向が夜咲に抱きついた。

「どうしたのよ、晴」

「えへへ。美彩かわいいな〜って」

「理由になっていないわよ、もう」

日向の突飛な行動に理解できないながらも、夜咲はくっついてきた日向を突き放したりすることなく、彼女を受け入れている。

「おい、ライン越えだろあれは！」

「まぁ待て。瀬古氏は気が気でないだろうが、我にとっては眼福もの。あの尊い光景をもう少し見守らせてくれ」

「おーい。夜咲で変な妄想するのは流石に小田でも許さないぞ」

「断じて変な妄想ではない。百合は高尚な概念であるぞ」

「小田の趣味を否定するつもりはないけど、夜咲だけはダメだ」

少し強めに言うと、小田は「承知した……」としょんぼりする。小田の熱量は伝わるが、そこだけは譲れなかった。

「ところで真庭の方は新生活順調なのかな」

「うーむ、心配はいらないと思うぞ。少なくとも瀬古氏のようなことにはなっていないだろうし」

「それもそうだ」

はっはっはっと笑い合う。一番やらかしているのは間違いなく俺だ。反省はしている。だけど後悔はしていない。

おそらく真庭も新しい環境で新しい友人を作り、俺たちとは別のコミュニティに馴染んでいくんだろう。そうなったら俺たちは少し疎遠になってしまう。それは寂しいことだけど、自然のような気もする。

俺もいつか新しいコミュニティに属するのかなと考えていると、俺たちのもとへ歩み寄ってくる影が。

「瀬古くん。どうして私のところに来てくれないのかしら」

近くまで来た夜咲が、怒ったような口調でそのような文句を言ってきた。だけど、眉は下がっており、その表情は少し寂しげに感じる。

「朝のことは本当に気にしていないから。今まで通り接して欲しいのだけれど」

「あ、うん。それはなんとなく分かってるんだけど」

「分かっているのなら尚更どうして来てくれないのかしら」

　なんか詰められているような気がして、思わず「ごめん」と返す。

「ちょっと男同士で積もる話もあってさ。次の休憩時間にはそっちに行くよ。俺も夜咲と話したいし」

「……そう。それならいいのよ」

　夜咲の表情がいつものものに変わる。心なしか安堵しているように見える。

「我、空気……？」

　小田がそんなことを呟いたのが聞こえた。そんなことはないぞ。むしろ当事者まである。今度また似たようなことがあったら一緒に言い訳考えような。

　親友を巻き込もうと画策していると、夜咲の後ろからひょこっと日向が姿を現した。そして小田の机の上を覗く。そこには小田の名前が書かれたノートがあった。

「えっと……オタくん、でいいのかな？」

　どうやら日向は『小田』の字を『オタ』と読み間違えたらしい。そんなことある？

「……うむ。いかにも我はオタである」

「いかにもじゃないよ。小田だろ」

「えっ⁉　ご、ごめんね、小田くん」

「いや結構。オタというあだ名、我にピッタリではないか。……瀬古氏。クラスメイトの女子にあだ名で呼ばれるなんて機会、滅多にないのだ。心遣いには感謝するが、訂正してくれるな」

「あ、うん。小田がそれでいいならそれで。……だ、そうだ。日向」

「え、え？　オタくんは本当は小田くんで、だけど小田くんは自分のことをオタくんって言ってて……あれ？」

「あー、小田の名前はオタだよ」

「えっと……それじゃあつまり、小田くんはオタくんってことだね」

「うむ」

満足げな表情を浮かべる小田。呆れたような表情を浮かべる夜咲。そして苦笑を浮かべる俺。

日向の存在によって、俺たちのコミュニティが変わったような気がした。

「それで、日向氏。我に何か御用かね？」

「あ、うん。オタくんと美彩……と瀬古は同じ中学校出身なんだよね？」

「うむ。いかにも」

「強いて言うなら、私たち三人はクラスも一緒だったわ」

「ふーん。ねえ、二人に聞きたいんだけどさ。瀬古がこの高校を選んだのって美彩を追いかけてきた可能性ってない？」

「おいおい待て待て。それは言いがかりだ！　この高校は進学実績がいいし、家からも近いんだよ。となれば、同じ学区内の夜咲もたまたま同じ高校に通うってのはおかしい話じゃないだろ？」

「さらっと言い訳が出てくるあたり、なおさら怪しい」

「どうすりゃいいんだよ！」

　変な疑念を持たれるのは仕方ないかもしれないけど、事実を伝えても疑われるんじゃどうしようもない。

「ふふ。瀬古くんの言っていることは本当よ。だって私、進学先のことは担任の先生以外には誰にも言っていなかったもの。だから、一緒の高校になったのは本当に偶然。そうよね、瀬古くん」

「そうだそうだ」

「一応我も弁護しておこう。たしかに当時のクラスメイトは誰一人、夜咲氏の志望校を把握しておらんかった。それは我もそうだし、夜咲氏に近しい存在であった瀬古氏も例外ではない」

「そうだそうだ」

「……ふーん。二人がそう言うなら、うん、信じるね。瀬古は壊れちゃったし」

「同調マシンになっただけで壊れたとか言うな」

苦言を呈するが、日向にはふんっとそっぽを向かれてしまった。

「ところで、瀬古くんは部活動に入る予定はあるのかしら」

夜咲に質問され、俺はうーんと唸る。

「今のところ考えてないかな。特に入りたいところはないし。夜咲はどこか考えてるの？」

「いいえ。私もどこかに入る予定は今のところないわ」

なるほどね。夜咲は俺の意見を参考にしようと思ったのかな。それなら俺も他人の意見を聞いてみたい。

「小田は漫研部だっけ？」

「うむ。同志が集まっていると聞くのでな。この道を極めるにはもってこいの環境だと思うのだよ」

「それはいいな。俺にはそこまで打ち込めるものがないから羨ましいよ。で、日向は陸上部？」

「……ふぇ？」

間の抜けた声を漏らし、目を丸くしてきょとんとする日向。

「瀬古くん。どうして晴は陸上部に入ると思ったのかしら」

「え？　だって昨日の自己紹介の時、中学まで陸上やってたって言ってたから」

質問に答えると、夜咲は「そういうこと」と納得の意を示す。

その隣で、日向は俺から目を逸らし、髪の毛を弄っている。そしてその姿勢のまま聞いてきた。

「……どうして瀬古がそんなこと覚えてるの？」

「あー……たまたま。偶然覚えてたんだよ」

俺は痒くもない頭を掻きながら、そう答えた。

高校に進学しても授業というものは退屈で。

やはり休日というものはいつになっても待ち望まれるものだと実感する。

今日は高校に入学してから初めての土曜日。そして、夜咲と初めて遊びに行く日でもある。そのため、俺は今週中この日をずっと待ち焦がれていた。

今朝はいつもより早く起きて髪型のセットなどに時間をかけた。どれだけやっても満足はしなかったけど、出発する時間もあるので納得のいくできになったところで切り上げた。

母さんに少し揶揄われたが、しっかりやりなさいよとお小遣いをくれた。夜咲と遊びに行くことは伝えていないのになぜかバレていた。恥ずかしい。

夜咲とは現地集合という話になっているため、家の最寄り駅から一人で電車に乗り込む。

ちょうど空いていた席に座り、快適に運ばれていく。

隣の駅に到着すると、見知った顔が同じ車両に乗り込んできた。そいつは俺の顔を見て一瞬顔を逸らして逡巡した後、こちらに近づいてきた。そして俺の隣の席に座る。

「おはよう、日向」

「お、おはよ」

挨拶をすると、日向は顔を正面に向けながらも挨拶を返してくれた。

今日は夜咲と出かける日。そして、日向とも一緒に出かける日でもある。つまり、三人で遊びに行くことになっているのだ。

今日は休日であるため、彼女は制服ではなく私服を着ている。

白のプルオーバーのパーカーに黒いパンツ、頭には黒い帽子を被っており、ボディバッグを肩に掛けたそのスポーティーな格好は、なんとも日向のイメージにぴったりのものだった。

隣町に住む日向がこの駅から乗ってくるのは分かっていたが、一緒に出かけるとはいえ、まさか隣の席に座ってくるとは正直思っていなかった。

今から一緒に出かけるのに何も話さないのは気まずいと思い、適当な話題を振ってみる。

「今日はボウリングに行くわけだけど、日向はどれぐらい行ってた？」

「あ……うん。中学の時、陸上部のみんなで何回か行ったかな」

「うーん、実力者の予感。俺と夜咲はズブの素人だからさ、手加減してくれよ」

「ふん、やだねっ。てか、ボウリングに行こうって言い出したの瀬古だよね。初心者どうしで行こうとしてたわけ？」

「ボウリングってなんか高校生ぽいなって」

「……ぷふ。なにそれ」

「あと、元から日向も誘おうと思ってたから。経験者がいればなんとかなるかなって」

俺が今日の行き先にボウリングを選んだ理由を話すと、少し間を置いた後、俺とは反対側の方を向いてしまった日向がふぅんと呟く。

「あと小田も誘えば初心者だらけで恥ずかしくないかなとも思ってたんだけど、漫研部の活動があるって言ってたからな」

「瀬古に恥じらいなんてあったんだ」

「こう見えてあるんだな、それが。……そういえば。日向はどうして陸上部に入らなかったの？」

俺はてっきり、日向は高校でも陸上を続けるものだとばかり思っていた。だって改めて話を聞くと、陸上を始めたのは小学校低学年の頃だと言うし、県大会の常連でもあったらしい。

だけど彼女は陸上部には入らず、俺や夜咲と同じく帰宅部に所属している。いや、所属しているというのも変な話ではあるけど。

だが、そのおかげでこうして土曜日の朝から外出ができている。

日向は俺の質問を受けて少し困った様子を見せた。あまり聞いてはいけなかった質問だったかと少し焦る。

「ごめん。聞いちゃダメだった？」

「あ、いや、そういうわけじゃないよ！　ただ……」

ぱっとこちらを振り向いて俺の問いを否定してくれた後、日向は正面に向き直って視線を落とす。

「自分でもまだよく分かんないから」

自身の膝の上の左手を右手で擦る。その仕草が、彼女が本当に悩んでいるのだと伝えてくる。

「瀬古はさ。あたしは陸上をした方がいいって思ったりする？」

日向は視線を落としたまま。今度は逆に俺にそんな質問を投げかけてくる。

俺は腕組みをしてうーんと唸った後、自分の中にあった回答を口にする。

「これまで努力してきたことを捨てるのは難しいと思うけどさ。やっぱり今の自分がやりたいことを優先してやってもいいと思う」

「それは、周りの人が『陸上をするべきだ』って言っても？」

「どうしてそこで他人の言うことを気にしないといけないいんだよ。大事なのは日向自身の気持ちだろ」

「……そっか。うん、そうだ。そうだね……」

日向は弄っていた手をグッと握り、ゆっくりと顔を上げて言う。

「あたしね。陸上の他に、もっとやりたいことができたんだ。だから今はそっちに集中しようかなって」

まるで決意表明をするかのように、彼女は答えた。

「そっか。頑張れ」

「うん」

再び俺たちの間に沈黙が流れる。だけどその空気は先ほどのような気まずさを孕んでいない。

電車が鳴らす規則的な音や他の乗客の話し声が耳に入ってくる。

それがなぜか心地いい。

結局、俺たちの間に会話があったのはその初めだけだった。だけど日向は俺と二人きりだと全く話さないと思っていたので、むしろ会話できた方な気がする。

乗っている電車が目的の駅に到着し、俺たちは降車する。

改札を抜けた先にある大きなモニュメントの下に美少女が立っているのを見つけた。夜咲だ。

穿いているデニムパンツは彼女のスラッとした綺麗な脚のシルエットを映えさせており、羽織っているジャケットは彼女のかっこよさを引き出している。

夜咲が俺たちに気づくと、さっきまで無表情だった顔がふと微笑みに変わった。俺はときめく胸を抑えながら彼女に声をかける。

「すまん夜咲。待たせた感じ？」

「いいえ。私も今来たところだから大丈夫よ」

「うおおおお！　今のめっちゃいいな！　私服も最高だよ夜咲！　好きだ、付き合ってくれ！」

「ありがとう。晴の格好も素敵。私も帽子買っちゃおうかしら」

「えへへ、ありがとう。美彩はなんでも似合いそうだよね～」

「あら。私にだって似合う似合わないはあるわよ」

今日の告白も華麗にスルーされてしまい、見事に玉砕してしまった。流石に毎日やっていると慣れてきたけど、胸に痛みは走る。

そう。俺はあの日から毎日、彼女に告白をしている。二回目は思わずやってしまったことだったが、それ以降は自分の意思で、彼女の優しさに甘えて挑戦を続けている。

だけど彼女に迷惑ばかりかけるわけにもいかないため、俺は毎日告白するとしても一日一回までと決めている。だから今日はこれ以上ダメージを受けることはない。夜咲と一緒にいられるこの時間を楽しむことに専念しよう。

「さて。予約してるから遅刻しないように早速向かうか」

「予約してくれていたの？　ありがとう、瀬古くん」

「やるじゃん。それで、お店の場所は把握してるの？」

「当然。初めてのお出かけだからさ、失敗しないようしっかり準備してきたさ」

「……ふーん。美彩に情けないところは見せられないもんね」

日向の少し刺々しく放った言葉に、俺は腕を組んでうーんと唸る。

「そりゃかっこいいところを見せたいけどさ。今日は単純に成功で終わらせたいなって思ってるだけだよ。そんでまた一緒に遊び行こうってなったらなって。それにかっこつけたいなら、もっとスマートに案内するよ」

「ぷっ。たしかに今の瀬古、全部ペラペラ喋ってて全然スマートじゃないもんね」

「うっせー」

俺に軽いディスを入れてくすくすと笑う日向に、俺は適当に返す。

やっぱり三人でいる時の方が日向の口数は多いなと思いつつ、俺は宣言通り二人をボウリング場へと案内する。

ボウリング場に到着し、予約していた甲斐あってスムーズに手続きを済ませた俺たちは早速ボウリングをプレイすることに。

未経験者である俺と夜咲は手本を見せて欲しいと日向にトップバッターを託したのだが、華麗にストライクを取るその様を見てただただ驚嘆した。

そして、自分の情けない出だしに落胆した。見事なガターだった。

「ぷふっ。瀬古のへたくそー」

「悔しい……けど直前で見事なストライクを見せられたから何も言い返せない」

「晴のプレイを見ていると簡単そうに思えたけれど、実際は難しいのね」

「気をつけろよ夜咲。下手な投球をしてみろ。日向に揶揄われちまうからな。覚悟して投げてくれ」

「美彩にはそんなことしませんー。美彩、よかったらあたしが投げ方教えようか？」

「それは助かるわ。ぜひ教えてもらおうかしら」

「任せてよ！　えっとね、まずは……」

教えを請われた日向はやる気満々で夜咲に指導を始める。その内容に耳をそばだてていると、どうやら日向はただの感覚派ではなく言語化もできるようで、丁寧に投げ方を教えていた。

そのおかげもあって、夜咲は初心者ながらにして八本のピンを倒すことに成功した。

「やったー美彩！　いえーい！」

「い、いえーい？」

勢いよくハイタッチを要求してくる日向に、夜咲はそのハイテンションに戸惑いながらもハイタッチに応じる。

このままでは俺だけ低スコアを維持し続け、二人に気を遣わせて微妙な空気になりかねない。というか、自分も好スコアを出して気持ちよくなりたい。

ならば、俺がするべきことは一つだろう。

早速、続く二フレーム目もストライクを取ってこちらに戻ってくる日向に声をかける。

「ナイスストライク。たしか連続はダブルって言うんだっけ」

「あ、うん。……ありがと」

「日向って運動神経いいイメージはあったけど、教えるのも上手なんだな。さっきの夜咲の指導もすごかったし」

「……えへへ。ま、まあ？　スポーツなら任せて欲しいっていうか？」

「あぁ、ぜひ任せたい。俺の指導も！」

「へ？」

目を丸くして呆気に取られた様子を見せる日向。

「あれ、伝わんなかった？　俺も日向に投げ方教えて欲しいなーって」

「え、いや。伝わってたけどさ。……いいの？」

「むしろ俺が聞きたいんだけど。教えてもらってもいい？」

「……うん。いいよ」

はにかみながら頷いた日向の指導により、俺の投げ方の癖は修正され、球が変に曲がることなく九本のピンを倒すことができ、二投目でスペアを取ることができた。

「やったぞ日向！　教えてくれてありがとな！」

「あ……う、うん！　やるじゃん瀬古！」

俺たちはハイタッチを交わす。傍から見たらストライクを取ったやつだ。

「おめでとう、瀬古くん」

「あ、ありがとう。夜咲」

祝福の言葉と共に上げられた夜咲の両手に、俺は緊張しながら自身の手を合わせた。

それから俺たちは日向の指導のおかげでそこそこのスコアを叩き出すことができ、初めてのボウリングを楽しむことができた。

ゲームの結果は日向、俺、夜咲という順位になった。日向の大勝であったことは言わずもがな。俺と夜咲のスコアは途中まで割と接戦だったのだが、夜咲のスタミナが足りずスコアが低迷した結果、俺が二位という順位で終わった。

そのまま続けて二ゲーム目を始める予定だったが、夜咲の体力が尽きかけているということで、一ゲームでやめることになった。

そしてボウリング場を出た俺たちは、予定もなく街へと繰り出ることになった。

予定外の進行に不安はあったのだが、気になった店にぶらっと入ってみたり、目に入ったものについて話して盛り上がったり。ただの杞憂だったみたいで、気づけば夕方になっていた。

そろそろ帰るかという流れになり、集合場所であった駅へと戻る。

「楽しかったね〜」

「ええ。友人とこうして休日を過ごしたのは初めてだったけれど、とても楽しかったわ」

「俺ももちろん大満足だよ。……また一緒に遊ぼうな。夜咲。日向」

「ええ。今度は私も行き先を考えてみるわね、ふふ」

「おー。それは楽しみだ」

「期待してくれるのは嬉しいのだけれど、あまりハードルを上げないで欲しいわ」

「あはは、ごめんごめん」

謝罪の言葉を口にしながらも、夜咲だったらどんなところを提案するのかなと期待で胸を膨らませ想像していると、呆けた表情の日向が目に入った。

「日向？」

声をかけると日向はハッと我に返り、笑顔を浮かべて言った。

「そうだね。また行こうね！　三人で！」

「あぁ！」

「ええ」

満足のいく一日を過ごすことができたからか、この日を境に、俺たちは休日も共に過ごすようになった。

◇

高校に入学してから三週間目の月曜日の朝。

すっかり慣れてしまった通学路を歩く。

だけど今日は格好が違う。制服ではなく学校指定のジャージだ。

学校に到着して教室に向かうと、いつもより騒がしい声が廊下に漏れていた。

教室の中に入り、俺と同様にジャージ姿の夜咲を見つける。俺はいつも通り彼女のもとへ駆けつけ、

「ジャージに合わせたポニーテールがいつもと違った夜咲を演出していて素敵だ！　好きだ、付き合ってくれ！」

「あら、ありがとう。体育の時はいつもしていたから、つい癖で結んでしまっただけなのだけれど」

盛大に告白をして無様に玉砕していた。

そんな俺たちのやり取りを「今日もやってるよ」と苦笑しながら見届けるクラスメイトたち。最初はまじまじと見物する者も多かったが、今ではもう慣れてしまったようで特に注目もされない。

そんな中、今までと変わらない反応をする者が一人。

「瀬古さあ。今日ぐらいやめとこうとか思わないの？」

いつものように俺の行動をたしなめてくる日向の前髪にはヘアピンが留められていて、俺はそれに見覚えがあった。

「日向も……その、似合ってるな」

「あ……う、うん。ありがと」

日向は一瞬恥ずかしそうに前髪を手で隠す。だけどすぐにその手を退け、ヘアピンを俺の正面に持ってきた……ような気がする。

「本当。ひまわりのデザインなのね。可愛いわ、晴」

「わぁ、ありがと美彩！　美彩にそう言ってもらえると自信がつくよ！」

「私としては、晴はもっと自信を持っていいと思うのだけれど」

「あ、あはは。それは難しいかなー」

日向は曖昧に笑う。それが俺の心にとても印象に残った。

「うーい。おはようおはよう。早く席に着けー」

教室に入ってきた担任の松居先生が、いつも通りの気怠そうな掛け声をかける。

「今日は特にこの後の予定がパンパンだからな。バスももう外で待たせているんだ。点呼取ったらすぐに出るから準備しておけー」

いつもなら先生の指示にだらっと従う俺たちも、今日ばかりはキビキビと動く。

なぜなら、今日は高校に入学以降初めてのイベント。遠足の日なのだ。

行き先は学年ごとに異なり、俺たち一年生は県内の初心者用の山を登ることになっている。また、登った先では軽くキャンプのようなことをした後、温泉に入る予定だ。どうやら温泉地としても有名なところらしい。遠足で温泉……？　とも思ったが、どうやら裸の付き合いをすることでクラスを団結させようという思惑があるらしい。ソースは小田。

松居先生の宣言通り、点呼を取り終えるとすぐに校舎の外へ誘導された俺たちは、クラス分の数並んだバスの内の一台に乗り込んだ。

席に指定はなく、真ん中あたりの適当な座席を選ぶ。

一番後ろ以外は二列ごとの配置になっており、俺は小田と座ることに。窓際を小田に譲り、俺は通路側に座る。

通路を挟んで反対側の二列に夜咲と日向が座った。日向が通路側に座ったのだが、最近はそれが自然な並びのような気もする。俺たち三人が一緒にいる時、基本的に俺と夜咲の間に日向がいるからだ。それはあの日、俺が初めて教室で夜咲に告白して、日向が俺たちの間に割り込んできた時から変わらないポジションだ。

　バスが出発し、しばらく走ったところで小田が弱々しい声で話しかけてきた。

「瀬古氏。我はもうダメかもしれん……」

「どうしたんだよ小田。もしかして酔った？」

「違うのだ。……眠気が。睡魔が我を襲って仕方ないのだ」

「ただの睡眠不足だったか。昨晩は楽しみでなかなか寝つけられなかった口か？」

「我を愚弄するか瀬古氏。そんな稚児のような原因ではない。……今日に備えてキャンプもののアニメで予習していたら途中で視聴が止められず、気づけば一クール一気見していたのだ」

「おい、自制心。理由がちゃんと子供じゃねーか」

「し、知らぬっ」

「はぁ。まあ今のうちに寝ておけよ。着いたら起こしてやるからさ」

「うぅ、恩に着るぞ瀬古氏」

　そう言って窓にもたれかかった小田から寝息が聞こえ始めた。あまりにも早い入眠に笑ってしまう。

「あれ？　オタくん寝ちゃったの？」

　日向が体を前に出し、こちらを覗き込んで聞いてきた。

「あぁ。どうも寝不足らしい」

「んー、そっか。じゃあ静かにしておいた方がいいかな」

「そんなに騒ぎ立てない限り大丈夫だと思うけど。まあ、そうしてくれると助かるよ」

「どうして瀬古がお礼を言うのさ」

「小田の親友だからな。小田の喜びは俺の喜びだ」

俺がそう言うと、日向は少し間を置いて「そっか」と呟き微笑んだ。

「そういえばお菓子持ってきたんだよねー」

日向は自身のリュックからスティック型のチョコを取り出した。

「美彩、食べる？」

「そうね。いただこうかしら」

「あーん」

「だ、大丈夫よ。自分で食べられるわ」

「いいからいいから！　はい、あーん」

目の前に突き出されたお菓子を前に、夜咲は眉を下げて困惑顔を浮かべる。だけど日向が引き下がる気配もなく、諦めたのかゆっくりと小さく口を開けた。日向は嬉しそうにその口の中にチョコスティックを入れる。

「甘くて美味しいでしょ？」

「ええ。けれど次からは自分で食べたいわ」

「むぅ。仕方ないなぁ」

なんとも小田が好きそうな光景が目の前に広がっていた。

二人のこうしたやり取りは今に限った話ではない。小田の言葉を借りるなら、時折二人の背景には百合の花が咲いている。

「せ、瀬古」

「ん？」

日向は俺の名前を呼び、先ほどから二人が食べているお菓子を俺の顔の高さに差し出してきた。その手は震えており、なぜか彼女は目を合わせてくれない。

「ん」

「ん、って。くれるの？」

「……ん！」

「……肯定と捉えるぞ」

日向の曖昧な返事に困惑しながらも、俺は彼女の手からそのお菓子を取ろうと手を伸ばし……避けられてしまった。

「え、ダメだったってこと？」

「ち、ちがっ……あーもう！　はい、あげる！」

若干やけくそ気味に、再度お菓子を差し出された。さっきより位置が下なので取りやすい。

今回は無事にお菓子をいただくことができ、俺の口内はチョコの甘さで幸せになることができた。

ただ、その間、日向に横目でジーッと見られていなければもっと味を堪能できたかなとは思う。

◇

街の喧騒（けんそう）から外れた場所。鳥の鳴き声や木々が風に揺れる音があたりを包む。

森林浴なんて言葉があるくらい、自然に囲まれることで癒やしを享受できると言われている。

だが、俺の周りには疲弊しまくった人たちが蔓延（はびこ）っていた。

「瀬古氏ぃ。我を置いて先に行けぇ……！」

そう言って別れた親友の姿を最後に見たのは一時間ほど前だったか。

初めは明るい声が飛び交っていたのに、次第にその声は鳴りを潜め、荒い息ばかりが耳に入るようになった。

登山道が整備されているとはいえ、帰宅部の俺には少し厳しいところがある。体力があ

まりない夜咲はそれ以上だろう。一方で、日向はまだ元気が有り余っているように見える。

「ほら、頑張って美彩！　あともう少しだから、多分！」

「はぁ……はぁ……それ、さっきも聞いたのだけれど……」

日向の励ましを受けながら山を登り続ける夜咲。だけど息も絶え絶えで、そろそろ体力が底を尽きそうだ。

前方に視線をやると、横道に設置されている休憩所が見えた。ちょうどいい。

「日向ー。ちょっと疲れてきたからさ、一旦そこで休んでいい？」

「あ、うん。そうだね。そうしよっか」

休憩所に設置されているベンチに腰掛け、夜咲は大きく息をつく。いつもシャキッとした姿勢をしている夜咲が脱力して背中を丸くしている様は少し珍しさがある。

「うわー。結構登ったねぇ」

余裕の日向はベンチには座らず、木々の間から見える麓の風景を堪能している。

「瀬古くん。実際のところ、あとどれくらいなのかしら」

「うーん。ペース次第だけど、あと二十分とかそれくらいだと思う」

「……そう。ごめんなさい。私のせいでかなり遅れてしまっているでしょう」

「気にすることないよ。俺もギリギリなところあるし。それにこれは競争じゃないんだ。あくまで自然体験。ある意味、森林浴を長めにできてお得感あるかも」

「……ふふ。本当にお得かしら」

「お得もお得さ。なんせ森の案内人もいるんだからさ。……お、鳥の声。笛みたいだけどリズミカルで面白いな」

「この声はシジュウカラね。雀の仲間で標高の低いところに生息しているから、町中にもいたりするわ」

「へぇ。じゃあけっこう下の方で鳴いているのが聞こえてるのかもしれないな。俺たちだいぶ登ってきたわけだし」

「ふふ、そうね。ちなみに鳴くのはオスだけで、求愛行動の一つらしいわ」

「鳥界のオスも大変なんだなぁ」

今聞こえている声の主と自分を重ねながら、そんな感想を呟く。

「ねぇ。なんの話してるの？」

眺望に満足したのか、こちらに戻ってきた日向がそんなことを聞いてきながら俺たちの間にあるスペースに座った。

「森の案内人、夜咲に鳥について教えてもらっていたんだよ」

「やっぱりそれって私のことだったのね。そう言ってもらえるのは嬉しいけれど、自称できるほどの知識は持っていないわ」

「そんなご謙遜を」

「それで、具体的になんの話をしてたの？」

「ん？　あぁ、今聞こえてる鳥の鳴き声の正体とかだよ。シジュウカラって言うんだって」

「……ふーん。そうなんだ。ところでさ、二人はまだお腹空かない？」

聞いてきたにもかかわらず、日向はその内容にあまり興味を示さなかった。思っていた会話の内容と違ったのかもしれない。

「たしかにそろそろお昼時でしょうけど、私は正直食欲は湧いてこないわ……」

「俺はぼちぼちかなぁ。……あ、そうだ。これ、さっき気づいたんだけど」

俺はそう言ってリュックから飴を取り出し、二人の前に差し出した。

「あ、いちごミルク味の飴。瀬古、持ってきてたの？」

「どうも母さんが入れてくれてたらしい。昔から遠足とかそういう行事の時に入れてくれてたんだけど、今回も用意してくれていたとは」

「瀬古くんのお母様はその飴がお好きなのかしら」

「買い溜めしてるくらいだし、多分？　まあ、その辺はどうでもよくて。これ食べながらラストスパート登ろうぜ。空腹も誤魔化せるし、疲れも紛れそうだし」

俺がそう提案すると、二人はお礼を言って受け取ってくれて、それぞれ飴を口の中に入れる。飴の甘さのせいか二人の口元が緩むのを見て、俺の口元も緩む。

さて。休憩もしたところでラストスパート頑張りますかとベンチから立ち上がろうとしたその時、日向に声をかけられた。

「瀬古。そこ、どうしたの？」

「え？」

日向の指差す先を確認すると、右の前腕の一部が切れていた。

着ているジャージは長袖なのだが、袖を捲ったことで肌が露出しており、どこかで木か何かに引っ掛けてしまったのかもしれない。

「うわ、気づかなかったよ」

「瀬古くん、大丈夫？」

「大丈夫だよ。言われるまで気づかなかったくらいだし」

「待ってて。あたし絆創膏持ってきてるから」

そう言って、日向はリュックから取り出した絆創膏を俺の腕に貼ってくれた。そして外れないよう、貼られた絆創膏の上を何度も撫でてくれる。

「ありがとう、日向」

お礼を言う。しかし、日向の手は相変わらず俺の腕を撫でている。

「日向？　流石に粘着力に信頼なさすぎじゃない？」

「え？　……あっ」

冗談半分のツッコミを入れると、日向は慌てた様子で俺から離れた。

「剝がれないか心配しただけ！　これ！　剝がれ落ちたとき用に替えのやつもあげる！」

捲し立てるように言って、新品の絆創膏を一枚くれる。その勢いにおされた俺は素直に受け取り、ズボンのポケットに入れた。

登山を再開してから数十分後。

俺たちはなんとかゴール地点であるキャンプ施設のある場所まで辿り着くことができた。

夜咲はもう最後の方は気合いで乗り切ったと言っても過言ではない。もちろん日向はそばでずっと応援していたし、俺も気を紛らわせようとたくさん話を振った。

ちなみに小田はリタイア組として教師陣に車で運んでもらっていて、それを知った夜咲は苦虫を噛み潰したような表情を浮かべていた。初めて見た表情だった。先ほどの登山が夜咲にとってどれだけ過酷だったかを物語っている。

俺は夜咲に同情しつつも、新しい一面を見られたことに内心喜んでいた。

施設前の広場にクラスごとに集まり、俺たちのクラスの前に立つ松居先生が号令をかける。

「よし。全員登り切ったみたいだな。お疲れさん、ゆっくり休んでくれ……と言いたいところだが、お前たちには早速カレー作りに移ってもらう。ちゃんと作らないと昼食抜きになるから精進するように」

「カレー！　楽しみだね、美彩！」

「えぇ……そうね……」

お腹が空いている日向はカレーという単語に食いつき、テンションを上げる。一方で、登山で疲弊した夜咲のテンションは対照的なものだった。

松居先生からの指示にもあった通り、これからの予定は飯盒炊爨（はんごうすいさん）とカレー作り。つまりは昼ご飯だ。

クラスの中でいくつかの班に分かれて実施するのだが、この班分けは前日に行われていた。俺は夜咲と日向、そして小田の四人で組むことになっている。

自分たちの班に割り当てられたテーブルに移動し、教師陣が用意してくれたカレーの材料や器具などを前にして俺たちは話し合いを始める。

「ここは、お米を用意する二人とカレーを作る二人の二手に分かれるのが得策かしら」

いざ仕事を前にして威勢を取り戻した夜咲は、そのように仕切り始めた。その内容も非常に効率的で頼りになる。

「カレーの方に仕事を任せすぎではないだろうか」

「そうね。だから前者には火起こしとその管理もお願いするわ」

「うむ。それならカレーは材料を切るなど準備が必要な分、よい分担になっていると我は思う」

「ありがとう。瀬古くんと晴はどうかしら？」

「俺は特に問題ないよ」

「あ、あたしも」

　夜咲の提案が通ったところで、実際にどう分かれるかを決めることにする。

「言い出しっぺの私から。料理は得意だからカレーの方に回るわ」

「じゃ、じゃあ、あたしもカレー作る！」

　夜咲に便乗するように日向もカレー作りの方をやると宣言した。

「となると、自動的に俺と小田が米諸々の方か」

「問題ない。ふっくらうまうまライスをこの自然の中に誕生させてやろうぞ、瀬古氏」

「ちょっとよく分からないけど、まあ頑張るよ」

　意外とスムーズに分担は決まり、俺たちはそれぞれの仕事に取り組み始めた。

　まず火起こしをしようかと思ったのだが、小田に「瀬古氏。お米は炊く前に水に浸すことが重要なのだよ」と説かれたため、先に米を研ぐことにした。

　精米を入れたザルやその他の器具を持って、近くにある施設の洗い場へ向かった。既に他の生徒も利用しており、少し待ってから米を研ぎ、洗い終えた米を飯盒に移す。

「ここで飲料水を注入。飯盒炊爨の場合、少し多めに入れるのが肝心だ」

「小田は物知りだなあ」

「むふ。なんせ昨晩予習してきたからな！」

「そうだったそうだった」

睡眠不足の原因は役に立っているみたいで、小田はドヤ顔を披露する。

水を入れた後は数十分ほど米に水を吸わせるらしく、あとは放置するだけなので炊飯の準備は終えたことになる。

「次は火起こしか。たしか薪がテーブルの近くにあったよな」

「うむ。飯盒を置いてくるついでに取りに行こう」

次の仕事に移るため、一旦夜咲たちのところへ戻ることに。

「痛っ」

ちょうどテーブル近くまで戻ってきたところで、日向の短い悲鳴が聞こえた。

「晴⁉」

隣に立つ夜咲がすぐさま日向の様子を確認する。日向は包丁を持っており、空いている方の指先からは血が流れていた。

「えへへ。ちょっとヘマしちゃった」

「大丈夫？　痺れはないかしら」

「ちょっと切っただけだから大丈夫だよ！　心配しないで。ちょっと水で流してくるね」

「私もついていくわ」

「いいっていいって！　悪いけど、美彩は続きをお願い！　……あたし一人で大丈夫だから」

夜咲の同行を断り、足早に去っていく日向の後ろ姿を見つめる。小さい背中がいつもより小さく見えた。

「大事に至っていないようでよかった。しかし、あれでは調理できんな」

「そうだな。……よし。小田って料理できるよな」

「うむ。満漢全席お任せあれだ」

「作るのはカレーだけどな。ちょっとそっち頼むよ」

「任された。……しかし、瀬古氏がこちらでなくてよいのか？」

「俺は料理できないからな〜。そんじゃ行ってくるよ」

小田を置いて、先ほど米を研ぐのに利用していた洗い場に戻る。すると蛇口から流れる水に指先をあて血を流し、その様子を虚ろな目で見つめている日向を発見した。

「日向」

「……へ？　瀬古？」

「おう瀬古だ」

気の抜けた様子の日向の隣に位置取り、日向の手元を覗き込む。どうやら怪我したのは左手の薬指らしい。

「養護教諭呼ぶか？」

「ううん。大丈夫。もう血も止まってきたし」

「そっか」

日向は水を止めて自分のハンカチを使い、手を拭き始める。ハンカチの一部が少し赤く染まったのが見えた。

俺はズボンのポケットに手を突っ込む。

「ほら。手を貸して」

「え？」

「さっきのお返しだよ」

「あ」

日向の左手の手首を優しく摑んで手前に引き、ポケットから取り出した絆創膏を傷口に貼ってやる。

「これ、あたしがあげたやつ……？」

「あぁ。まんまお返しだな」

「……なにそれ」

日向は俺の冗談に悪態をつくと、絆創膏が貼られた自身の薬指をまじまじと眺め始めた。

「上手く貼れてない？」

「……ううん」

「それならよかった。さて、日向には今から火起こしを手伝ってもらうぞ」

「そっか。あたしは料理係クビだよね」

「クビっていうか、怪我が原因で已むなく選手交代しただけだよ。それに火起こしも重要な仕事だ。ちょっと待っててな」

火起こし用の道具を持ってこようと再びテーブルに戻ろうと体を翻す。しかしその場から動くことができない。

顔だけ振り返ると、日向に服の裾を摑まれていた。

「あたしも行く」

身長差のせいもあって、彼女は上目遣いで言う。

「……分かった」

拒否する理由もなく、俺は日向と一緒にテーブルに戻った。すると夜咲が心配して日向のもとへ駆け寄ってきたが、日向は笑って返していた。

道具を揃えて再びかまどに移動し、火をつけるためにしゃがみ込んで薪を組み立てる。

日向は手を怪我しているので、この辺の作業は俺がすることにした。

「送風は任せたぞ。団扇でガンガン新鮮な空気を送って火力を上げてくれ」

「うん」

「薪に直に着火するのは難しいから、まずは着火剤として新聞紙を使えばいいんだと。軽く丸めてやれば尚よしらしい。ソースは小田だ」

「そうなんだ」

「……よし、火着けたぞ！　風だ風だ！　新鮮な酸素を送れ！」

「わかった」

日向が団扇を扇ぎまくる。するとぶわっと灰が舞い、薪を巻き込んで火が大きくなっていった。

しばらくして。送風をやめても火は激しく燃え上がり、薪にも火が着いていることを確認する。

「ふっ。意外と呆気なかったな」

俺は勝利を確信し、日向に向かって手のひらを向けた。しかし、今の俺は軍手をしており、薪などを触って汚れていたことを思い出す。

「おっと。この手じゃハイタッチできないか」

そう言って手を引っ込めると、日向が一歩、二歩、しゃがみ込んだまま俺の方に移動してきて。

　トンッと互いの肩をくっつけた。

「ここなら汚くないよね」

「あ、あぁ」

　どうやらハイタッチの代わりらしい。しかし、彼女は離れようとしない。二の腕同士がくっついており、少し恥ずかしい。

「あたしね」

　ドキマギしていると、そのままの状態で日向が話をし始めた。

「普段から料理とかしてなくて。包丁を握ったのも中学の家庭科の授業ぶりくらい。だけど、美彩が料理するって言うから。……から。やりたいって思っちゃったの」

　途中声が小さくて聞き取りづらかったが、どうやら日向が料理役に立候補した理由を話していたらしい。得意でなくても、仲の良い夜咲と同じことをしたいというのは納得のいく理由ではある。

「それでやってみて、失敗して。こうして迷惑かけちゃった」

「こういうのは適材適所なんだよ。俺だって料理は微塵(みじん)もできないからこっちをやってるわけだし」

「あたしはこっちの仕事もほとんど何もできてないよ」

「怪我してるんだから仕方ないよ。てか、こんな簡単に薪に火が燃え移ったのは日向の送風のおかげだって」

「……やっぱりあたしには運動しかないってことかな」

「そんなわけないだろ。……たしかに日向の運動センスはすごいよ。この間のボウリング、日向のおかげで楽しむことができたしな。日向がいなかったら初心者だけの地獄のようなボウリングが繰り広げられるところだった。今日だって、日向の掛け声やサポートがあったから、夜咲も登り切ることができたし。やっぱり余裕のある人がそばにいたら心強いからな。……それと、日向は周りへの気遣いがすごいなって思うよ。それに、誰とでも仲良くなれるじゃん。夜咲とあんなに仲良くなれた人は初めてなんだから、そこは誇ってもいいんじゃないか。正直言うと嫉妬したし」

思いつく日向の長所を並べて口にしたところ、肩にかかる負荷が重くなった。

顔が熱い。火が目の前で燃え上がっているからだろうか。

「瀬古は人のいいところを見つけるのが得意だね」

「なるべく口にするようにしているだけだ。みんな、日向の魅力には気づいてるよ」

「……そっか」

少し間を置いて、日向は「うん」と頷く。

「あたしも気づいたよ。瀬古のいいところ。……お人好しなところ」

「それは褒め言葉なんだろうか」

「そうだよ」

「そっか」

沈黙の時間が訪れる。二人して何かをするわけでもなく、ぼーっと目の前の火を眺める。

パチッと火が弾け、ふと我に返った俺はやるべきことを思い出した。

「やべ。火起こししたんだから米炊かないと。飯盒取ってくるよ」

「……うん。いってらっしゃい」

日向と離れて飯盒を取りにテーブルのところへ向かう。

ちょうどカレー組も下準備が完了したみたいで、夜咲がこちらの様子を見に来ようとしているところだった。

「瀬古くん。火は起こせたのかしら」

「あ……うん。バッチリだよ」

左肩にじんわりと残った熱のせいだろうか。俺は夜咲の顔を見ることができなかった。

◇

「うめぇ……」

無事にできあがったカレーライスに舌鼓を打つ。

小田のノウハウの詰まったお米はふっくらしていてそれだけで美味しかったし、何より夜咲が作ってくれたカレーは感動ものだ。なんたって夜咲の手料理だからな。

「あら。晴、ナスも食べられるのね」

「むぅ、ばかにしないでよね。あたし、ナスは好きなんだよ」

「そう。ところで、さっきから人参を避けているように思えるのだけれど」

「……そんなことないよ」

「本当かしら。それなら私が食べさせてあげるわ。はい晴、あーん」

「み、美彩⁉」

「ふふ。行きのバスの時のお返しよ」

「うぅ……あーん」

日向は嫌々ながらも口を開け、夜咲のスプーンを受け入れる。何度か咀嚼した後、苦々しい表情を浮かべた。本当に人参が苦手らしい。

「むふふ」

「小田」

「し、仕方がないだろう、瀬古氏！　目の前で夢のような光景が繰り広げられているのだ、これは不可抗力だ！」

「言い分は分かるけどさ。前にも言った通り、二人で妄想するのはやめてくれ」

「ぬぅ……すまぬ」

小田に釘を刺し、俺は食事を再開する。

そして昼食を終えて各班で片づけを済ました後、クラスごとで順番に温泉へと案内された。

女湯を覗けるんじゃないかと下世話な会話をしているクラスメイトもいたが、男湯と女湯の入っている建物がそもそも違うらしく、そんな可能性は微塵もなかった。

だけど入浴直後の女子を見ることはできた。もちろん、その中に夜咲もいた。

彼女を見た瞬間、今まで彼女で抱いてはいけないと思っていた感情が俺の中に湧き上がった。

濡れた髪の毛。湯上がりらしい上気した顔。そんな彼女の透明感と優雅さが溢れた魅力的な色気にあてられ、俺は彼女に夢中になっていた。

俺の視線に気づいた夜咲がこちらを振り向き、ほんのり湿らせた唇を綻ばせた。

心臓が大きく跳ねた。一度だけじゃない。何度も、何度も。俺の中から飛び出してしまいそうなくらいに激しく。

彼女が欲しい。そんな感情が俺の中で渦巻く。今までとは違う、劣情を孕んだ感情が。

「瀬古」

名前を呼ばれて我に返る。視線を下げると、夜咲と同じく風呂上がりの日向がいた。

夜咲に夢中になっていて日向が近づいてきていたことに全く気づかなかった。……いい

匂いがする。

「……日向。どうした？」

冷静を装いつつ何の用だろうと訊ねてみると、日向は「ん」と言って未使用の絆創膏を差し出してきた。

「お風呂入ったし、新しいのいるでしょ」

「おぉ、助かるよ。ありがとう」

自分の腕を確認し、お礼を言う。

入浴前に剝がしてしまったので、今の俺の腕には絆創膏が貼られていない。

「腕だと自分で貼りにくいでしょ。あたしが貼ってあげようか」

「あー、そうだな。じゃあお願いしようかな」

「うん」

お言葉に甘えて日向に新しい絆創膏を貼ってもらう。その時、彼女の指にあった絆創膏もなくなっていることに気づいた。

「日向もまだ貼り替えてないの？」

「……うん。瀬古と同じで、指だと貼りにくいからさ。あとで美彩にしてもらおうかなって」

「なるほどね。それじゃあ、夜咲のところに行くか」

この後は他のクラスの入浴を待って帰るだけだ。その待っている間、三人で外をぶらぶら歩いて涼むのもいいかも。そう考え、夜咲のもとへと向かおうした瞬間、服の裾を日向に掴まれた。

「待って」

今日の昼前にも同じようなことがあった気がする。振り向くと、日向は揺れる瞳で見上げて言う。

「やっぱり……瀬古が、貼って」

「さっき夜咲にお願いするって言ってなかった？」

「……美彩にお願いするのは申し訳ないじゃん」

「俺には遠慮する必要ないってか。まあいいけど」

受け取った絆創膏を、日向の左手薬指に貼る。貼る前に傷口を軽く確認したけど、傷は浅く、血は完全に止まっているようで安心した。

日向は貼り終えた絆創膏を見つめながら「ありがとう」とお礼を言ってくれた。その声はしっとりしていて、そしてその目はどこかうっとりしているような気がした。

「絆創膏。貼り直したの？」

俺たちがなかなか夜咲のところに集合しなかったからだろう。夜咲の方からこちらに来てくれ、声をかけてきた。

さっきまでは遠くから見ていただけだったけど、近くに来るとその刺激はより一層強いものになって俺に襲い掛かってくる。

「あ、うん。日向と助け合いを、な」

「そう。でも言ってくれたら私がしたのに」

「あ、あー……でも怪我人同士でやった方が気兼ねないというかさ。お互い様みたいな」

心臓の爆音を聞きながら、俺はなんとか夜咲とのやりとりを続ける。

気を遣った返事ができたと思ったのだが、夜咲は眉を下げてしまう。

「……なんだか仲間外れにされた気がして嫌だわ。私も怪我をした方がよかったかしら」

「え、ええ？　夜咲……？」

困惑する俺に、夜咲はクスッと笑ってみせる。

「ふふっ。冗談よ、瀬古くん」

「冗談、冗談かぁ。よかった。なんか夜咲が言うとマジっぽいんだよ」

「ごめんなさい。でも……困った表情を浮かべる瀬古くん、可愛かったわ」

「素直に喜べないなぁ……」

可愛いと言われて困る俺を見て、また夜咲はクスクスと笑う。

彼女の笑顔を見ていると、多少困らされてもいい気がしてきた。

「さてと。時間まで外にいようぜ。せっかくの自然の中なんだし」

「ん……森林浴はもう満喫したと思うのだけれど」

「あはは。まあそう言わずにさ。外の風に当たって涼むのもいいと思うんだよ」

「そうね、涼を取るのには賛成だわ」

「よしきた。日向も行こうぜ」

声をかけながら日向の方を振り向く。

ふと、彼女が遠くにいるような感覚に襲われた。彼女はそばにいるのに。

「うん。行こっか。三人一緒に」

彼女は俯(うつむ)かせていた顔を上げ、そう言った。

第三話　日向晴の恋

あたしが陸上を始めたのは小学二年生の頃だ。

当時、近所に住んでいた仲の良いお姉さんが参加していた陸上クラブに誘われたのがきっかけ。クラブは小学生までだったから一旦引退しちゃったけど、なんだかんだ中学に上がっても学校の陸上部に入部して続けていた。

昔から走るのは得意だった。というより運動神経が優れていたんだと思う。努力の結果は如実に現れて、たくさんの好成績を残すことができた。貰った数々のトロフィーや盾はあたしの宝物で、今も自室に飾っている。

このまま高校に上がっても続けるんだろうなって思っていた。

そして中学の最後の大会。あたしは周りからの期待を受けながら、スタートを切った。

——直後、膝に激痛が走ったかと思うと、力が入らなくなり、あたしはそのまま地面に体を投げ打っていた。

救急車で運ばれて、病院の先生に言われたのは右膝の靱帯損傷。治癒後、リハビリを頑張れば陸上に復帰はできると言われた。だけど中学の最後の大会は戻ってこない。

みんなの期待を裏切るような形で終わってしまい、申し訳ない気持ちでいっぱいになったけど、周りのみんなは「残念だったね」「リハビリ頑張ろ！」と気遣ってくれた。

初めは日常生活もままならず、松葉杖(まつばづえ)を使わないと歩けなかった。それがなんとも歩きにくく、次第に動くのが面倒になってきた。だけど何もしないのは暇なので、走ったりしないでできることはないかなと考えた。

「……あれ？」

何もなかった。気づけばあたしは陸上一本になっており、他のあらゆるものを排除して陸上にのめり込んでいたことに気づいた。そして、陸上を奪われた今、あたしには何も残っていないことに気づいてしまったのだ。

みんなは何をやっているんだろうと観察することにした。一緒に陸上部で汗を流してきた仲間たちは、部活を引退してから短かった髪を伸ばし始めた。今までかっこいい系だった同級生も、なんだか色っぽくなった。

そうだ。あたしもこれをしよう。

高校に上がって陸上を再開するんだったら、髪を伸ばすのは今しかないと思った。今までは短いスパンで切っていたこの髪が長くなったら、あたしも同級生の子みたいに可愛くなれるかな、なんて期待も抱いた。

あたしは夏休みの間、髪を切らないでいた。そして夏休み明け。遂(つい)に肩にかかるか、かからないかくらいまで伸びてきた。自分では分からないが、雰囲気は変わっただろうか。

みんな夏期講習で忙しかったり、あたしがまだそこまで自由に歩き回れる状態じゃなかったこともあって、夏休みはずっと家の中に引きこもっていた。だからみんなと会うのは久しぶりだ。

どんな反応をするだろうとワクワクしながら教室のドアを開ける。

音に反応して振り向いた同級生が、あたしを見て言った。

「どうしたのその髪？　晴ちゃんらしくないね」

「えー、なんか違うかなー」

「やっぱり晴ちゃんはショートだよね！」

みんな気心知れた友人だった。だから悪気があって言ってるわけじゃないことは分かる。

……だからこそ、ひどく傷ついた。

あたしはその日の放課後、髪を短く切った。

あたしにはおしゃれをする権利なんてないんだと思った。一生陸上、あるいは何かのスポーツにのめり込むしかないんだと。それがみんなの望む日向晴なんだと、そう思い込まされた。

そんなあたしを見かねてか、お母さんが高校のパンフレットを持って話しかけてきた。

「見て晴ちゃん。ここの制服可愛くない？」

「……うん。だけどあたしには似合わないよ」

「何言ってるの！　晴ちゃんはとっても可愛いんだから！」

「……そんなこと、ないよ。あたしなんて」

「あー、そんなこと言っちゃダメよ。ね、ここ受けてみない？　大丈夫。ここに通えばみんなこの制服なの。堂々としていればいいのよ。あたしはここの高校に通ってるからこの制服を着ているんだ、ってね」

　正直、着てみたいなって思った。だけど、自分がそれを着た姿を想像すると、周りから「似合わない」という声が聞こえてくるような気がした。

　とりあえず、勉強頑張ってみようか。お母さんにそう言われて、特に他にすることがなかったあたしは、友人と遊ぶこともなく勉強ばかりをするようになった。

　その甲斐あってか、冬に受けた模試で例の高校の合格判定がBだった。

なんだ自分は陸上だけじゃなかったんだ。勉強もできるんじゃないかと、その時はそう思えて嬉しくなった。

　模試の結果を抱きしめながら塾を出ると、周りにカップルが多く歩いているのに気づいた。

　そういえば今日はクリスマス・イヴだ。どうもあたしたちの年齢くらいからは家族と美味しいものを食べる日ではなく、恋人たちの日になるらしい。

　彼氏と幸せそうに歩く女性を見てあたしの心はざわついた。おしゃれもできないあたしが、あんな幸せを手にすることができるのだろうか。……そんな未来、想像できなかった。

だけど、あたしも少しは変われたはずだ。勉強もできるようになった。もしかしたら、おしゃれもできるようになっているかもしれない。思春期にいるあたしたちは日々更新されていってるというし。

家に帰る前に少し寄り道をして、駅前の商業施設の雑貨店に向かった。そこにはおしゃれなアクセサリーが多く並んでおり、どれも可愛らしいと思え、一目見て気に入ったものもあった。

……だけど、やっぱり自分には似合わない。そう思えてしまい、結局何も買わずに帰ってしまった。

そして月日は流れ、ついに高校受験当日を迎えた。

受験票の確認は念入りにした。シャープペンシルはトラブルが多いからとお母さんに鉛筆を勧められたので、小学校ぶりに鉛筆を削って準備もした。しかしキャップがないことに気づき、このままではペンケースが鉛筆で汚れてしまうと思い、昔使っていたペンケースを取り出して使うことにした。

会場に到着し、合格したら春からここの校舎に通えるんだと胸を高鳴らせる。受験番号で指定された席に着き、ペンケースから筆記用具を机に出していく。

「……あ」

ペンケースの中に消しゴムが入っていないことに気づいた。昨晩、ペンケースを変える際に消しゴムを移動させなかったことに今更になって気がつく。運が悪いことに、用意した鉛筆は消しゴムがついていないタイプだ。

どうしよう。どうしよう。どうしよう。どうしよう。どうしよう。どうしよう。

緊張していたところにアクシデントが発生し、どうすればいいのか分からなくなってしまう。

そうこうしている内に時間は経ち、試験上の注意を軽くされた後、試験開始の合図が鳴った。

焦りまくっている脳内の片隅で、なんとか冷静を保っていられている部分が、「ひとまず問題を解こう。間違えなければ消しゴムなんて必要ないよ」と囁く。

そうだ。書きミスさえしなければ消しゴムを使うこともない。あたしは問題に取り掛かり――一問目から書き損じてしまった。

結局、パニック状態に陥ってしまっては問題も解くことができない。こういった書き損じが起きる可能性も高くなって当たり前だった。

あたしの受験は終わった。何も報われなかった。結局あたしには何もないんだと絶望した、その時、自分の足に何かが当たった感触がした。流石に試験中に足下を覗き込むような大きい動きはできないので、思考を放棄しかけていた頭で何かなと想像する。

そうしていると、試験会場の教室を見回っている試験監督があたしの隣に来たところで立ち止まった。

え、もしかしてあたし、何か怒られる？

そう思って身構えたのだが、試験監督はその場でしゃがみ込み、「失礼」と言ってあたしの足下に手を伸ばした。そして、

「これは君のかい？」

折られた跡のある消しゴムを差し出してそう聞いてきた。

もちろん、消しゴムを忘れてしまったあたしのもののはずがなく、「いいえ」と小さく答えた。

すると今度はあたしの後ろの席の男子に訊ねた。

「じゃあこれは君のかい？」

おそらく彼のだろう。拾えてもらってよかったね。そう思っていると、

「いいえ違います。おそらく前の彼女のですよ。さっき視界の端で何かが落ちていくのを見ました」

そう言っているのが後ろから聞こえた。

聞き間違いではなかったみたいで、試験監督は怪訝そうな顔でもう一度あたしに聞いてきた。

「君のじゃないのかい？」

「あ、あの、あたしは」

「ん？　君、消しゴムがないじゃないか。じゃあやっぱり君のじゃないか。はい、落とさないように気をつけて」

試験監督はあたしの机の上にその消しゴムを置いて、また別のところに見回りに行ってしまった。

この消しゴムは確実にあたしのものではない。本当の持ち主が困っているはずだ。

……だけど、今の消しゴムは自分のですと名乗り出る者はいなかった。

あたしは悪いと思いつつ……その消しゴムを使って自分の文字を消した。

こうして、なんとか一科目目の試験を乗り越えることができたあたしは、この消しゴムの本当の持ち主を探そうと立ち上がった。すると後ろの席、さっき「その消しゴムは前の人の」と試験監督に答えていた男子の机の上に、今あたしが握っている消しゴムの片割れと思わしきものが置かれていた。

あたしの視線に気づいてか、その男子はこっちを見て照れ臭そうに笑った。

「消しゴムあってよかったね」

彼はそれだけ言うと、次の試験科目の参考書を鞄から取り出した。話しかけるのは復習の邪魔になると思い、あたしはそのまま席に座り直した。

これが、彼、瀬古蓮兎との初めての出会いだった。

◇

試験を無事に乗り越えたあたしは、消しゴムを返すのとお礼を言わないといけないと思い、後ろの席を見た。しかし、既に例の男子は姿を消していた。

結局お礼も言えずじまいで、消しゴムは今もあたしのペンケースの中に大事に保管されている。もはやお守りだ。

試験から一週間後、あたしは高校に合格したことを知った。合格発表を見に高校へは行かなかった。経過観察で病院に行く日と被ってしまったからだ。ずらすこともできたが、そこまでする必要性も感じられなかった。

もしかしたら彼に会えるかなとは少し思ったけど、どちらかが落ちていたら会話なんかできる空気じゃない。もし二人とも受かっていたら、入学後に話せるとそう思えたのだ。

……うそ。ほんとは心の準備ができなかっただけ。あたしに勇気がなかっただけだ。

春休みにお母さんと一緒に制服の採寸に行き、制服を試着してみた。やはり自分は着ているというより着られている感があるなと思えた。お母さんと店員さんは似合ってると言ってくれるけど、やっぱりお世辞にしか聞こえなかった。

するとお母さんから「髪、染めてみる？」という提案をされた。せっかく髪染めＯＫの高校に入るんだし、それに髪を染めたら気分も変わるよ、と理由を付け足しながら。

髪を染めるなんて、あたしがしていいものなのだろうかと悩んだ。だけど……何か勇気を出すきっかけが欲しくて。あたしは自分の髪を、大好きなお母さんと同じ髪色に染めた。

そして高校の入学式を迎えた。

ドキドキしながら登校し、事前に知らされた自分の教室に向かい、これから一年間を共にするクラスメイトと顔合わせをした。

その中に、彼がいた。

名前は瀬古蓮兎というらしい。今まで名前を知らなかったことに今更ながらに気がつく。顔ははっきりと覚えていたし、他の誰かに彼の話をすることもなかったので、特に困る場面がなかったからだろうか。

入学式と全員の自己紹介を終え、担任から軽く学校での過ごし方みたいなのを説明されたら今日のプログラムは全て終わった。

せっかく同じクラスになれたんだし早速お礼に行かないと、と思い彼の席を見るがまたもやその姿は既になくなっていた。急いで廊下の方を見ると、クラスメイトの女子と一緒に出ていくのを見つけた。

彼女のことはとても印象的だったので覚えている。夜咲美彩。長くて真っ黒な髪が綺麗で、肌も透き通るように真っ白で、まるでお人形さんみたいだった。まさしく、あたしの憧れだ。

そんな彼女と、どうして彼が一緒に出ていったのだろうか。そういえば自己紹介で二人が言っていた出身中学が一緒だったような気がする。

胸騒ぎがした。それを誤魔化すように明るくなった髪を弄る。

……やっぱり、あたしにはそれを確かめる勇気はなかった。

すごすごと帰ってしまったその日の夜、二人はあの後どこに行ったのか、何をしたのかが気になって仕方がなかった。こうなることなら後をついていけばよかった……って、それだとストーカーだ。

翌日、あたしは早めに登校した。新生活だから張り切っているわけじゃない。早めに着いて教室で待機して、彼が登校してきたら話しかける算段なのだ。

教室に着くと、何人かの生徒が既に登校していて、その中には夜咲美彩もいた。

どうしよう。彼女に昨日のことを聞いてみようか。一瞬そんな考えが頭をよぎったが、初対面でそんなことを聞いたらおかしなやつだと思われてしまうと考え直した。

とにかく今は彼を待つのみ。

教室にクラスメイトのほとんどが集まってきた頃、やっと彼は姿を現した。

来た！　と思い、彼のもとへ駆け寄ろうとしたのだが、彼は視線を一点に集中していて、そのまま夜咲さんのところまで行き——

「昨日言いそびれたけど高校の制服も似合ってるな夜咲！　好きだ、付き合ってくれ！」

彼女に対して告白をした。

一瞬、何が起きたのか分からなかった。しかし、周りがざわめき始めると同時に、あたしの胸に張り裂けるような痛みが襲ってきた。

痛む胸を押さえながら二人の動向を観察していると、彼女は彼の想いには応えることなく、何事もなかったかのように会話を続けた。

……少し、気に入らなかった。

あたしのこの気持ちの正体は分からない。だけど、あたしも彼に制服似合ってるねと言われたい。そんな衝動があたしの全身に襲ってくる。

この二人の関係性は全然読めない。だけど、直感的に分かった。二人をこのままにしていたら危険だと。

だから、あたしは二人の間に割り込み、言い放った。

「あんた、そういうのやめなさいよ！　彼女も困ってるでしょ！」

◇

あれから二週間が経った。

あたしたちはチグハグな関係で成り立っている。だけど仲良しグループだ。

あたしと美彩は普通に仲が良い。彼女は見た目だけではなく性格も良いので、すぐに仲良くなることができた。ズバッと物を言うので苦手だって言う人もいるけど、彼女の発言には裏表がないってことだし、物怖(ものお)じしない姿勢はかっこいいなって思うからあたしは好きだ。

瀬古に関しては、たしかに周りから見たら変だよなと思う。あたしたちは美彩のことでいがみ合う関係。そう捉えられてもおかしくない。だけどそれ以外の場面では、瀬古は普通にあたしに接してくれる。美彩に対する時ほどではないが、あたしにもその優しさの何分の一かを与えてくれている。あたしは……瀬古ともっと仲良くなりたいって思ってる。だからこの関係は続いているのだ。

あの時のお礼はまだ言えていない。もしかしたら瀬古はあの時のことなんて覚えていないんじゃないかと思うと、話題に上げることができなくなってしまった。

だから今も、あの時の消しゴムはあたしのペンケースの中にある。

そんなあたしたちのグループは、一緒に出かけたりなんかもしたりする。週末に街に繰り出し、ショッピングしたり遊んだりするのだ！

どこかに遊びに行くとなった時、瀬古は必ずあたしも誘ってくれる。本当は美彩と二人きりで遊びに行きたいくせに。どうして誘ってくれるんだろうと思うけど、やっぱりあたしには聞くことができない。

この三人で過ごす時間を増やしたいと、瀬古も思ってくれているからだろうか。二人といる時間は本当に居心地がいい。瀬古と美彩の動向を監視するためでもあるけど、その理由が強くてあたしは部活に入らなかった。

今日は近くの街に繰り出すことになった。特に行きたい所はなく、ぶらぶらと過ごす予定だ。こんな風に、理由がなくてもあたしたちは休日に会って遊んでいる。それがとても嬉しい。

現地集合のため、最寄り駅から電車に乗る。すると、あたしが乗り込んだ車両にちょうど瀬古が乗っていた。……ううん、偶然なんかじゃない。あたしは瀬古がこの車両に乗っていることを知っていた。だからこの車両に乗り込んだんだ。

向こうもあたしに気づいて「おう」と手を上げる。それに対してあたしは「おはよ」とぶっきらぼうに返し、瀬古の隣に座る。

瀬古は張り切りすぎない程度におしゃれをしている。もし、これが美彩とのデートだったら、彼はもっと張り切って準備するのだろうか。あたしと二人で一緒に出かける時は、どんな格好をするのだろうか。そんなことを考えていると胸が苦しくなる。だけどその原因は分からない。

美彩は普段から遊びに行く時は親に車で送ってもらっているため、現地に着くまで瀬古と二人きりになってしまう。

「夜咲もさっき家を出たってさ」

「へ？　どうして瀬古がそれを知ってるの？」

「夜咲から連絡が来てただろ。ほら」

そう言って瀬古は自分の携帯の画面を見せてきた。そこにはあたしたちのグループトークの画面が開かれていて、たしかに美彩からその旨を伝えるメッセージが来ていた。

「ホントだ。朝は出かける準備でバタバタしてたから見てなかった」

「毎回思うけど、日向の格好きまってるもんな。そりゃ出かける前は忙しいか」

「……え？」

今、瀬古はなんて言った？　きまってる？　何が？　あたしの格好が？

きまってるって、パターンが決まってるってこと？　でもあたしは意識して毎回違う服装で来てるし、格好のパターンが決まってるなら朝忙しいに繋がらないし。……ってことは、瀬古があたしの格好を褒めてくれたってこと？

あたしは自分の格好をおしゃれだと思ったことはない。パーカーにショートパンツっていう無難な組み合わせに、黒のキャップを被っているだけだ。可愛さの欠片もないと鏡に映る自分を見て思っていた。だけど、いつも時間をかけて自分なりに服装を考えている。

どうしてだろう。今、電車の窓に反射して映る自分の姿がイケてるように見えてきた。

ぼーっと自分の姿を見つめる。そのせいで、お腹が膨らんだ女性が近くに来ていることに気づくのが遅れた。

「どうぞ。ここ座ってください」

「あっ」

瀬古が席を立ち、その女性に席を譲ろうとしていた。

いつもならすぐに気づいて譲るのに。瀬古に先を越されてしまった。……妊婦さんに席を譲らないやつだって瀬古に思われたら嫌だな。

女性は瀬古にお礼を言って隣に座ってきた。そしてあたしの耳の近くに口を寄せ、

「彼氏くん、いい人ね」

と耳打ちをしてきた。耳が熱くなる。

「ち、違います！　瀬古とはそんなんじゃないです！」

必死に否定をした。だけどそんなあたしの様子を見て、女性はクスッと笑った。

「帽子、似合ってるよ。だけどもっと顔を見せた方が、あなたのことを好きになってくれるかも。人間、何度も見ているうちにその対象が好きになるみたいだから」

お姉さんは囁くような声でそう言って自分のお腹を擦(さす)る。

その仕草の意味を察し、お姉さんの言葉の信憑性(しんぴょうせい)があたしの中で高くなる。

瀬古は少しずれて、あたしの前の吊り革(かわ)に摑(つか)まっている。見上げれば彼の顔が見える位置だ。

だけど、あたしは顔を上げることができずに自分の膝を見つめていた。

お姉さんの言葉に歯向かいたいわけじゃない。今のあたしの顔は瀬古に見せられないと思ったから。

◇

目的の駅に到着したので瀬古と一緒に電車から降りて駅の改札を抜けると、そこには美少女が立っていた。美彩だ。

彼女はいつも綺麗な格好をしている。パンツスタイルなのはあたしと一緒だけど、やっぱり華やかさが違う。

彼女と合流して、あたしたちは街へと繰り出して三人でぶらぶらと街を散策する。

途中、カラオケを目にした美彩が「行ってみたい」と言うので入ることになった。その時の目をキラキラさせた美彩の姿は可愛らしかった。どうやら今まで来たことがないらしい。

美彩はカラオケ自体は初めてだったが、歌は本当に上手だった。聞き惚れてしまい、あたしは微かな音も出さないように注意するようになっていた。彼女が歌い終わると、瀬古が大きな拍手をしながら「最高！」と彼女の歌声を称賛していた。

あたしも感動していたくせに、なんだか悔しくなって、十八番の曲を入れた。……しかし、やはり先ほど聞いた美彩のものと比べたら、あたしの歌なんて大したものじゃないんだと思えてきた。いつもは楽しく歌えているのに、だんだんテンションが下がっていく。

その時、スピーカーからあたし以外の声が流れ始めた。パッと隣を見ると、瀬古がもう一つのマイクを持って一緒に歌い始めていた。

瀬古もこちらを振り向き、目が合う。「一緒に歌っていい？」と彼の目に訊ねられたので、あたしは笑顔で答えた。

別にこの曲はデュエットものではない。だけど瀬古と一緒に歌うのはほんっとうに楽しかった。

曲が終わり、彼に「急に入って悪かったな」と謝られたが、「別にいいって！」という言葉をなんとか絞り出した。

ぱっと美彩の様子を見ると、「こんな楽しみ方もあるのね」と感心したような感想を漏らしていた。……少しホッとした。

その後は美彩に頼まれてデュエットしたり、あたしが歌っているところに瀬古が合いの手を入れたりと楽しい時間を過ごすことができた。

ちなみに、瀬古の歌自体はあたしより下手だった。自覚はしているようで、「あんまり曲とか知らないんだよな〜」とか言って、なるべくあたしたちに歌わせようとする、せこいムーブをかましていた。

それなのにあの場面で歌に割り込んでくるなんて、ずるいなあって思った。

カラオケを楽しんだあたしたちは、お腹を満たすために昼食をとることにした。これまた美彩の提案で有名なハンバーガーチェーン店に入った。こういった店も初めてらしい。注文に悩んでいる美彩の姿は可愛らしく、瀬古が隣で優しくサポートしていたのが印象的だった。

それからウィンドウショッピングに繰り出したのだが、しばらくして、美彩の携帯に連絡が入った。その内容を見て美彩は綺麗に整った眉尻を下げて言う。

「ごめんなさい。家族は私をここまで送ってくれた後に別でおでかけに行っていたのだけれど、今から帰るからその途中でここまで迎えに来るみたいなの」

「あ……そっか。残念だけど仕方ないな。まあ今日は特に予定も立ててなかったし、今度また遊ぼうぜ！」

「そうだよ！　瀬古に同調するのは癪だけど、遊べるのは今日だけじゃないんだし！」

「なんだと！」

「なによ」

「……ふふ。そうね。二人ともありがとう。それじゃあ、もう近くまで来てくれているみたいだから行くわね」

「あぁ。また学校でな」

「またね、美彩！」

少し寂しそうな彼女の背中を見送ったあたしたちの間に、少しだけ沈黙が流れた。

「それじゃあ俺たちも帰るか」

「……うん。そうだね」

沈黙を破ったのは瀬古のそんな言葉だった。あたしはそれに同意することしかできなかった。

もしかして、あたしと二人きりで遊ぶなんて嫌なんだろうか。だから帰ろうとしているのだろうか。そう考え始めると胸に痛みが走る。

「このまま俺たちだけで遊んでたら、夜咲が寂しい思いをしそうだしな。今日は三人で遊びに来たんだから」

もしかして瀬古はあたしの心が読めているんじゃないだろうか。そう思えるくらい、あたしの欲しかった言葉が瀬古の口から放たれた。

胸の痛みがすっと消えていく。

その代わり、胸に別の症状が出てきた。

なんだかこのまま瀬古と一緒にいるのはまずい。そう思ったあたしは、

「あ、あたし！　ちょっとあそこの雑貨屋さん見て行こうかなーって」

と適当に目に入った雑貨屋さんを指差して言った。奇しくも去年の冬、塾帰りに立ち寄

って何も買わなかったお店だった。

するとは瀬古は携帯を軽く操作した後、「じゃあ俺も行くわ」と言った。

「え、えっ⁉　なんで瀬古も？」

「なんか電車が遅延してるらしいからさ、ちょっとだけ時間潰そうかなって」

「え、あ、そうなんだ」

結局、あたしは瀬古から離れることができず、一緒に雑貨屋さんを訪れてしまった。

周りから見たらあたしたちどんな風に見えるんだろうと想像すると、顔が熱くなってくる。

「……あっ」

一つの髪飾りが目に留まった。それは去年のあの時にも見たものだった。硝子（ガラス）製の小さなひまわりがついたヘアピン。冬なのに季節外れだなって印象的だったのを覚えている。

それと、とても可愛らしいデザインだと思ったのだ。あたしなんかには似合わないと思い、購入はできなかったけど。

あたしがそれを見つめていると、隣にやって来た瀬古があたしの視線を追って、

「へぇ、いいじゃん。それ、買わないの？」

と聞いてきた。

「なに急に。もしかして瀬古、ひまわりが好きなの？　なんか意外ー」

揶揄うようにそう訊ねると、瀬古は照れ臭そうに頰を掻きながら答える。

「ひまわりが好きっていうわけじゃないんだけど、ただ日向に似合うかなって。そう思っただけ」

ドクンと胸が跳ねる。その直後、あたしは無意識にそのヘアピンを手に取っていた。

「あたしね、ひまわり好きなんだ。だからこれ買ってくるね」

そう、あたしは好きなんだ。

今日、今、好きになったんだ。

今日みたいな遠足の日でも瀬古は美彩に告白をする。
高まっていたテンションも下がってしまったけど、瀬古にヘアピン似合ってるよと言われて、落ち込んでたあたしのテンションは元通り、いやそれ以上になった。
それで少し浮かれてしまったからだろうか。あたしは持ってきたお菓子をリュックから取り出し、まず美彩に食べさせた。
そして今度は、今のやり取りを見ていたはずの瀬古に差し出す。このまま彼が食べてくれたらと思って。あーん、なんて恋人同士みたいなことができたらいいなって思って。

だけど瀬古はそんなあたしの意図を汲み取ってくれず、お菓子を手で受け取ろうとしてきた。思わず一度手を引っ込めたが、諦めてそのままあげた。

ほとんど自分のせいではあるけど。なんとなく、瀬古は女の子の乙女心を汲み取るのは苦手なような気がした。ううん、絶対そうだ。瀬古のばか。

あたしの機嫌とか関係なく、バスは予定通り走る。そして交通の便が悪そうな山の麓で止まった。現地集合ではなく団体バスでの移動だった理由が分かった。

少しもやもやしていても、体を動かせばリフレッシュができる。そのため今のあたしに登山はちょうど良かった。ひたすら上を目指して足を進める。

しばらく歩いて、オタくんがリタイアし、続いて美彩も疲れを見せてきた。すると瀬古が美彩の隣に行き、彼女を励まそうと手を尽くし始めた。心がざわつき始める。

もちろん美彩を心配する気持ちもあったけど、あたしは瀬古と美彩を二人きりにしたくなくて、美彩のサポートを必死に頑張った。その甲斐あってか美彩も自力で登り切ることができ、彼女からお礼を言われた。あたしは少し罪悪感を覚えながら笑顔で返した。

運動でリフレッシュはあまりできなかったけど、やっぱり美味しいものを食べると気分が上がるってもの。次の予定である外でのお昼ご飯に胸を高鳴らせる。

美彩の提案により、あたしたちは二手に分かれることになった。一方はカレー作りを、もう一方は火起こしとお米を炊く作業をするらしい。

料理上手の美彩は率先して前者を選択した。その時、期待に胸を膨らませてる瀬古の表情が見えた。瀬古は美彩の手料理を楽しみにしているのだとすぐに分かった。

だから、あたしもカレー作りの方に手を挙げた。料理なんてできないくせに。美彩への対抗意識。それと、瀬古にあたしの手料理も食べて欲しいという思いで。

そしてあたしはやらかした。慎重にやれば怪我までしなかったかもしれない。だけど、隣で華麗な包丁捌きを披露する美彩に対抗して、瀬古が戻ってきたタイミングで包丁を素早く動かした。すると、包丁が切ったのはあたしの左手の薬指だった。

情けなくて、恥ずかしくて。あたしは美彩の優しさを突っぱねて、一人で洗い場へと向かった。

水道の蛇口を回し、指から流れる血を流す。切った時は痛くて声も出ちゃったけど、今は全然痛くない。

そんなことより、胸に走る痛みの方が強くて。流れていく赤い水をぼーっと眺めていると、まるで胸に傷がついた感覚がしてきた。

「日向」

瀬古の声だ。あたしの意識が一瞬で戻ってくる。

「……へ？　瀬古？」

「おう瀬古だ」

不意に声をかけられて間の抜けた声が出てしまったことを恥ずかしがっていると、瀬古はそのままあたしの隣にやって来た。そしてあたしの手元を覗き込んでくる。

どうやら瀬古はあたしのことを心配して来てくれたらしい。あたしは胸が満たされる想いをしながら、指の傷について「大丈夫」と答える。そんな言葉とは裏腹に、段々と指に痛みを感じ始めた。

「ほら。手を貸して」

「え？」

「さっきのお返しだよ」

そう言って瀬古があたしの指に貼ってくれたのは、登山中にあたしがあげた絆創膏だった。貼った後、剝がれないように一度だけ指先で優しく撫でられる。すると、今度は指の痛みも消えていった。不思議だ。瀬古が魔法使いのように思えてきた。

怪我をしたため、あたしは料理係からお米を炊く係に移ることになった。その作業に取り掛かるため、瀬古が道具を取ってくるという。

離れようとする彼の姿を見て、あたしは咄嗟に彼の服の裾を摑んでいた。

またあの痛みがやって来る気がしたから。彼のそばにいたいと思ったから。

瀬古と一緒に道具を取りにいった後、瀬古を手伝う形で火起こしを行った。無事に火が着いて瀬古はあたしに手のひらを向けてハイタッチを求めてきた。だけど手が汚いからとすぐに引っ込めてしまう。

あたしは……彼に触れたくて。顔を前に向けたまま、じりじりと彼に近づき、お互いの肩同士をくっつけた。

「ここなら汚くないよね」

素直な言葉を口にするのが怖くて、そんな言い訳を述べる。

あたたかい。目の前でメラメラと燃えている炎にあたるよりも、こうしていた方がずっと。心が満たされていく。

すると、あたしの口から弱音がポロポロと溢れ始めた。普段から自分の中で抑え込んでいたものが、彼の前では次々と出てくる。

そんなあたしの情けないところを、彼は受け止めてくれた。慰めてくれた。褒めてくれた。

火起こしが完了し、次にお米を炊くために飯盒(はんごう)を取りに行ってくると言う瀬古を、今度は一人で行かせた。

今のあたしの顔を、美彩に見られたくなかったから。

右肩にわずかに残るぬくもりに手を当てながら、あたしは確信する。

あたしは、どうしようもなく瀬古のことが好きだ。

第四話　ただの日常

楽しい遠足が終わり、すぐにゴールデンウィークがやって来た。だけどそれぞれ家族の用事があって、三人でどこかに出かけることはできなかった。あたしもかなりがっかりしたけど、美彩があんなに残念がるとは思わなかった。

そんなゴールデンウィーク明けに初めての席替えがあった。

なんと、あたしは瀬古の隣の席になってしまった。しかも瀬古は教室の端の席なのでお隣はあたしだけ。あたしが瀬古を独り占めしているみたいで、一人密かに喜んでいた。

だけど、瀬古の視線は前にあった。黒板を見ているわけじゃない。その手前にいる美彩を見ているのは視線を辿らなくても分かる。

別に普段からあたしと二人で話すような間柄ではないけど、せっかく隣になったんだしもっと話してもいいじゃんと思う。……だけど、自分から話しかけるのは、恥ずかしい。

でもこのままでは何もなく次の席替えを迎えてしまう。それは嫌だ。でも話しかけるのは……そうだ。そういう状況を作ればいいんだ。

教科書を忘れたことにして、瀬古に見せてもらおう。そのためには机をくっつけないといけなくて、きょ、距離が近づくし。

あたしは天才かもしれない。

あたしはその作戦をほぼ毎日行った。最初はやりすぎないように調整していたが、心が満たされる喜びを覚え、無意識にどんどん頻度を上げていった。結果、

「お前忘れすぎだろ。あほか？」

天才ではなくてあほ扱いされてしまった。

小馬鹿にされてしまったけど、あたしはその時間がもっと欲しくて、それ以降も作戦を続行した。

それから一ヶ月後、二度目の席替えが行われることになった。

瀬古と隣同士になったことで、楽しく会話できていたかは分からないけど、話す機会が増えて嬉しかったのに。幸せだったのに。

それなのに。松居先生はあたしをこの場所から離すと言い出した。ひどいよ、松居先生。

でも、もう一度引き当てればいい。そしたら、この幸せな時間は続くから。

次の席を決めるために教卓の上に置かれたくじを引く。お願い！

強く念じながら引いたくじの結果は、惨敗だった。

あたしは瀬古とも美彩とも隣になれなかった。代わりに、なんと、二人が隣同士になってしまった。瀬古のデレデレした顔が自分の席から見える。……息が苦しい。

目を背け、自分の隣を確認する。瀬古の友達のオタくんだ。本名は小田くんらしいけど、

あたしの読み間違いを気に入ってくれた優しい人だ。

瀬古と隣同士になれなかったのは残念だけど、もしかしてこれは良い機会なのでは？　瀬古の友達なら、あたしの知らない瀬古のことを聞けるかもしれないし。

あたしはさっそく彼に話しかけてみることにした。

「オタくん、よろしくね」

「うむ。よろしく頼むぞ、日向氏」

「あのね。オタくんに聞きたいことがあるんだけどさ」

「ぬ？　我に聞きたいこと？」

「瀬古のことなんだけど」

「……瀬古氏の？　ふむ……続きを聞こうではないか」

うーん、何から聞けばいいだろう。あたしの知らない瀬古といえば……

「瀬古って中学の頃はどんな感じだったの？」

「中学時代の瀬古氏、か。うーむ……瀬古氏と出会ったのは三年進級時に同じクラスになったのがきっかけで、それまでの瀬古氏のことは知らないのだが、最初は……正直、我は好かなかったな」

「え、そうなの？　なんで？」

オタくんは掻い摘んで説明してくれた。出会った当初、瀬古はクラスのイジられ役だったらしい。今もそうだけど、当時は不本意なものだった。だけどその原因は自分からは何もしない瀬古にあったという。オタくんはそんな彼のことがあまり好きじゃなかったらしい。

そんな彼が変わったきっかけを与えたのが美彩だったみたい。美彩が直接何かしたわけじゃないらしいけど、彼女のおかげで今の彼がいるんだとか。オタくんはその変わり始めに瀬古と仲良くなったらしい。

「……へぇ。そういうことがあったんだね」

「本人たちからは聞いていないのかね？」

「二人とも中学の頃の話をしたがらないんだよねー。だから聞けずじまいだったの」

「ぬ……ならば、我が話したのはまずかったか？」

「まあまあ。あたしは話してくれて感謝してるよ？　でも二人にバレたらまずいかもしれないし、このことはあたしたちだけの秘密ね」

「ひ、ひひひ秘密⁉　か、甘美な響きぃ……」

やっぱりオタくんは瀬古に関する重要な情報を持っている。この席替えの結果も悪いものではないように思えてきた。

「ところで瀬古の好きなものって分かる？」

「それは夜咲氏のことでは――」

「ちがう」

「あ、す、すまぬ。趣味とかは特にないみたいだし、テレビも情報収集のためにしか見ないようだが……我とはよくマンガの話をするな」

「なんのマンガ？　ジャンピ？」

「ジャンピなのはそうなのだが……う、うーむ。これは少し話しづらいというか、あまり大っぴらにするものではないというか」

「いいじゃん教えてよ。お願い、オタくん」

「瀬古氏はトルネード・パニックというマンガが好きです」

トルネード・パニック……？　聞いたことないや。

「なにそれ？　どんなマンガなの？」

「ぬ、ぬぅ。流石にこれ以上は勘弁して欲しいです！」

「なんで敬語？　別に瀬古には言わないよ？」

「瀬古氏に言う言わないじゃなくて……我の名誉のためにも！　どうかご勘弁を！」

「……うん？　うん、分かった。教えてくれてありがとね！」

「こちらこそ、ありがとうございます！」

なんのお礼だろ？　よく分からないけど、あとは携帯で調べてみればいいや。

早速あたしは携帯を取り出し、トルネード・パニックを検索する。

「これは……」

ちょっとエッチなマンガだった。オタくんの名誉云々の意味が分かったし、瀬古がすけべなのも分かった。

やっぱり瀬古、こういうの好きなんだ。こういうの見て、し、してるのかな。それともしてなくて……た、たまってたり……なんて。でもそうだったら、いつか爆発とかしちゃうのかな。男の子の体ってよく分かんないけど、なんか聞いたことある。

……登場キャラ、みんな可愛いなぁ。瀬古は誰が一番好きなんだろう。やっぱり美彩みたいな娘なのかなぁ。

色々確認したいし、今度買って読んでみよ。

雨がよく降る時期が過ぎ去り、本格的に暑くなってきた頃。

俺たち学生が待ち焦がれている夏休みが目の前までやって来た。

これからやって来るであろう楽しいイベントに胸を膨らませていると、俺の隣の夜咲の席に日向がものすごい勢いでやって来た。

「美彩ぁ〜助けてぇ〜」

日向は涙声を出しながら夜咲に抱きつく。

そんな日向の頭を撫(な)でながら夜咲は優しく微笑(ほほえ)む。

「期末試験のこと？」

「うん……あたし、自信ないよ」

俺たちはさっき、担任の松井先生からとある規則を告げられた。それは来週からの期末試験で赤点を取ったら夏休みに登校して補習を受けないといけないというものだ。それも追試なしの一発勝負である。

たしか日向は中間試験で理系科目が赤点ギリギリだったような気がする。期末試験の範囲は中間の範囲も含まれていたはずだから、たしかに今回の試験をパスできるか危うい。

「勉強会でも開きましょうか。晴(はる)が赤点を取って休暇中に遊べなくなるのは私も嫌だもの」

「美彩ぁ」

夜咲の提案に破顔して喜ぶ日向。俺もその案に賛同する。

「勉強会か。図書館にでも行く？」

「無難ね。けれど、図書館は少し声を出しにくくないかしら。教える際に支障が出そうだわ」

「んー、たしかに。それに他の生徒も利用して混んじゃうか」

意外と適した場所が決まらず、俺は腕を組んでうーんと唸(うな)る。

スニーカー文庫12月の新刊
2023
12
December
スニーカーNAVI
むかつく。けど、心地いい。
魔性の仮面優等生×負けず嫌いな平凡女子
第28回スニーカー大賞《金賞》は、甘く刺激的なガールズラブストーリー！
新作
性悪天才幼馴染との勝負に負けて初体験を全部奪われる話
犬甘あんず　イラスト／ねいび
負けず嫌いな平凡女子・わかばと、んでも完璧な優等生・小牧は、大事ものを賭けて勝負する。ファーストスに始まり一つ一つ奪われていくかばは、小牧に抱く気持ちが「嫌い」けでないことに気付いていく。

沖縄修学旅行編！
“好き”が深まる
元サヤカップルに新たな変数!?
男嫌いな明日葉院蘭が水斗に告白!? そんな一大事を抱えたまま、沖縄修学旅行が始まった。旅先でもなるべくイチャつきたい元サヤカップルの結女と水斗だったが――プールサイドでの密会を誰かに覗かれてしまい!?
継母の連れ子が元カノだった11
どうせあなたはわからない
紙城境介　イラスト／たかやKi
アプリで繋がった運命の行末は――
「いいね」で始まる恋物語、フィナーレ！
マッチングアプリで元恋人と再会した。4
ナナシまる　イラスト／秋乃える
TVアニメ2期制作決定！
さらなる依頼と冒険に、大繁盛の第3巻!!
新装版
自動販売機に生まれ変わった俺は迷宮を彷徨う3
昼熊　イラスト／憂姫はぐれ

するとすると日向がばっと勢いよく手を挙げた。

「あ、あたしの家ってのはどうかな！」

少し上擦った声でそんな提案をしてきた。

「場所を提供してくれるのはとても助かるのだけれど、お邪魔にならないかしら」

「大丈夫！　ってかあたしのためにしてもらうんだし、場所ぐらいは提供させてよ。あ、一応お母さんには確認しないとだけど！」

「そう。そういうことならお願いしようかしら」

夜咲は納得し、日向の案に賛成するが、俺の表情は渋いままだった。

「日向の家か……」

「……なに？　嫌なの？」

「嫌ってわけじゃないんだけどさ。ほら、女子の家に野郎が邪魔することになるなって」

「……別に。そんなの気にしなくていいでしょ。なんか変に意識してる方がやらしい」

「うっ。……分かった、気にしないようにするよ。俺は友人の家に行く、それだけ。それだけだ、うん」

自分に言い聞かせるように「それだけ」という言葉を繰り返す。

日向は紛れもなく女の子だけど。ただの友人なんだ。変に意識なんかしたら、それこそ日向の言う通りだ。

……でも、どれだけ意識をしないように心がけたところで、胸の高鳴りは収まらない。

「日程はいつ頃になるかしら」

「そうだなぁ。今週の土曜日はどうかな？　確定はお母さんに確認してからになるけど」

「私は大丈夫よ」

「俺もオーケー」

土曜日か。どうにか週末までに覚悟できていたらいいな。

予鈴が鳴って日向は自分の席へ戻っていく。

次の授業の準備をしていると、隣から夜咲が話しかけてきた。

「瀬古くん。来週は晴の誕生日もあるでしょ？　既に用意は済ませているかしら」

「いや、まだ何も準備できてないよ」

机の上にあるペンケースに視線をやりながら答える。先月、俺の誕生日を祝ってくれた日向から貰ったものだ。それに合わせたのか、夜咲からはボールペンを貰った。なんとどちらもブランドもので、それもほぼ毎日使うものだから重宝している。

お返しが目的じゃないけど。俺も日向が喜んでくれるようなプレゼントを選びたい。

「それならよかった。来週は試験もあるから忙しいでしょ？　だから今日、放課後に一緒にプレゼントを選びに行かないかしら」

「お、いいね。行こう行こう」

「決まりね。放課後の詳細なのだけれど……」

そこで先生が教室に入って来たので、俺たちは会話を中断する。

アイコンタクトで「また後で」と言われたので、頷いて返した。

放課後。今日も俺たちは三人で一緒に帰路を辿る。

「あー、早く期末試験を終えて夏休みを迎えたい！　勉強から解放されたいよ～」

「高校生の楽しみにしている学校行事が夏休みって少し皮肉だよな」

「ふふ。それもそうね。でも、遠足は楽しかったわ」

「遠足……うん、楽しかったなぁ。そうだ、夏休みが明けたら体育祭と文化祭があるんだよね？」

「ええ。なぜか秋に集中しているみたいだけれど」

「運動の秋、文化の秋。ならばどっちも秋にやってしまえばいいじゃないか。かつての校長がこの日程を決めた時の言葉らしい。ソースは小田」

「頭が痛くなる理由ね……」

「えー、でもいいじゃん。イベント盛り盛りで！」

「当日を楽しむだけならいいけれど、準備が大変なのよ」

「夜咲は文化祭実行委員だしなあ。まあ俺も協力するよ」

「ありがとう、瀬古くん。お願いするわ」

「あ、あたしもやるからね。瀬古にだけ任せてらんないし」

「なんだと」

「なにさ」

いつもと変わらない、たわいもない会話をしながら歩を進める。

しばらくして、脇に小さな公園が見える岐路まで来た。

「それじゃあ、俺はここで。またな」

「ええ。またね、瀬古くん」

「……じゃあね、瀬古」

別れた二人がさらにまっすぐ進んでいくのを見届けた後、俺は家のある方向とは逆に曲がり、公園の中に入る。

ちょうどベンチがあったので腰掛け、携帯を取り出してしばらく適当に操作していると、メッセージが届いたのでベンチから立ち上がった。

公園を出て、先ほど二人が消えていった道に曲がる。

その先には駅があり、待ってくれている人がいる。

「夜咲。おまたせ」

さっき別れたばかりの夜咲を駅で発見した俺は、彼女に近寄り声をかける。

「大丈夫よ。提案したのは私なのだから」

夜咲はそう言って、柔らかく微笑む。

俺たちは今から日向の誕生日プレゼントを買うために出かける。

その主役である日向はここにはいない。どうもサプライズにしたいそうだ。夜咲の少しおちゃめなところが垣間見えて、可愛いなと思った。

ただサプライズにするためには、放課後俺たちがこうして買い物に出かけることを日向に知られてはいけない。そこで夜咲が考案したのが、先ほどの解散フェイクからの合流だ。日向は既にここから電車に乗って家に向かっていることだろう。なんて完璧なプランなんだ。さすが夜咲だ。

「いつも遊びに行くところでいい？」

「ええ。あそこなら色々見ながら選ぶことができそうね。それじゃあ、行きましょうか」

行き先が決まったところで、夜咲は改札を抜けてホームへと向かっていく。……目的地とは逆方向に向かう車両が停まる方へ。

「えっと、夜咲。そっちじゃないよ」

「……か、勘違いしていたわ。ええ、そうね、こっちだったわ」

顔を赤くし、慌てた様子で身を翻す夜咲。

遊びに出かける際、彼女はいつも親御さんに車で送り迎えをしてもらっている。だから彼女がこの駅から電車に乗るところを俺は見たことがない。

……もしかして、夜咲は方向音痴だったりするのだろうか。親御さんもそれを心配して、毎回送り迎えをしていると考えると辻褄(つじつま)が合う。

自他共に認める才色兼備である夜咲が、実はそんなポンコツな要素を持っていたら。

……正直、可愛いなと思ってしまう。

ただ、それを言及したところで彼女はそれを認めたりしないだろう。言われて認めるくらいだったら、彼女自身から言っているはずだ。だからここは変に突っ込んだりしないでおこう。

それから夜咲は常に俺の隣を歩いていた。だけど、気にして見たら半歩ほど俺の後ろを歩いていることに気づく。また道を間違えてしまわないように、俺に追従する形を取っているのだろうか。

いつも大人びて見えるのに、今だけは同級生か年下のように感じてしまう。

また、夜咲のことを可愛いと思った。

そして、少しだけ、彼女の姿が重なって見えてしまった。

「そういえば。こうして瀬古くんと二人でお出かけするのは初めてね」

目的の駅に降り立ち、商業施設へ向かっている道中、夜咲が突然そんなことを言う。

「あー、たしかに」

「ふふ。いつもの場所でもなんだか新鮮で、楽しい気持ちになっちゃうわね」

夜咲の言葉に「分かる」と同意をしつつも、俺は自分の気持ちに疑問を抱いていた。

好きな子との二人きりのお出かけをしているというのに、あまり緊張をしていないのだ。

もちろん心の中ではこの状況に歓喜しているのだが、どうも想定より緊張感がない。自分はこんなに肝の座っている男ではないはず。

……そうか。今日は日向の誕生日プレゼントを買いに来たからだ。

いつも俺たちの間には日向がいて、それが三人の居心地のいい空間を作り出している。いま日向はいないけど、俺と夜咲の間にはそのスペースが空いている。そしてこの外出の目的も相まって、日向もこの場にいる感じがしているんだ。

夜咲と二人きりだけど、二人きりではない。そんな曖昧な理由が胸にストンと落ちたところで、俺たちは商業施設に到着した。

今日は放課後ということであまり時間はない。そこで夜咲の思考をトレースすると、一旦二手に分かれてそれぞれ候補を見つけてくる方が効率的だと思いつく。

「それじゃあ、瀬古くん。まずはどこに行こうかしら」

しかし、夜咲は俺の予想とは違い、一緒に行動する意思を見せてきた。

「あ、あー。どうしようか」

戸惑いながらもなんとか返事をする。彼女のことを理解できているつもりだったのが恥ずかしい。

「瀬古くんは何か目星はついているのかしら」

「まったく。女子にプレゼントなんかしたことないから皆目見当もつかなくてさ」

「……そう。じゃあ瀬古くんにとって、晴が初めての人になるのね」

「うーん、言い方言い方。まあそんな感じだからさ、夜咲が一緒に選ぼうって言ってくれて正直助かったよ」

「それはよかったわ。……あ、ここなんてどうかしら」

夜咲が指差した先には女性向けの洋服屋があった。

案を持っていない俺が拒否するわけもなく、首肯して店内に入る。

女性向けのお店に男がいてもいいのかという謎の居心地の悪さを感じながら、店内を見て回る夜咲の後ろをついていく。これぱかりは一緒に行動することになってよかった。

「これ、晴に似合いそうね」

そう言って夜咲が手にしたのは無地のパーカーだった。たしかに日向はそれ系統の服をよく着ているし、なんというか、彼女のイメージにぴったりなものだった。

「たしかに。似合うだろうな」

だからそのチョイスは間違いではないと思う。だけど……

「これなんかもよくない？」

俺は目に留まったジャンパースカートを手にする。

それを見た夜咲の顔が少しだけ困惑の色に染まった。

それもそのはず。この服は、俺たちがこの数ヶ月で抱いた日向のイメージにはない。彼女のスカート姿なんて制服でしか見たことがない。

だけど、俺はこれが彼女に似合うと思ったのだ。……着てる姿を想像して、可愛いと思ったのだ。

「ほら、プレゼントって自分では買わないようなものだと嬉しいって言うじゃん」

「……そうね。そういう考え方があるのは知っているわ」

俺の発言に理解を示すが、夜咲の表情は明るくない。

「瀬古くんは……」

夜咲は何かを言おうとして、だけど待てども言葉の続きは出てこず、そのまま口を閉じてしまった。

そして、手に持っていたパーカーをハンガーラックに戻す。

「やっぱり洋服はやめておきましょう。普段着にするものは特に好みがあるでしょうし」

「え？　あぁ、言われてみればたしかに」

貰ったものって使わないといけないってプレッシャーを感じるだろうし、好みが合わないと悲しいことになりそうだ。買う前に気づいてよかった。

洋服屋を後にした俺たちは、今度は雑貨屋に向かった。

ここなら多様なものがあるし、何か一つでもいいと思うものは見つけられそうだ。

店内に入ってまず目に留まったのは文房具のコーナーだった。決して魅力的な商品があったわけでもないが、なんとなく立ち止まって商品棚を眺める。

おそらく日向といえば、でこれが連想されるからだろう。なにしろ第一印象がアレだからな。消えない思い出の一つだ。

「かわいい……」

夜咲のうっとりした声が耳に届いたのでそちらを振り向くと、両手に持った猫型クッションを見つめていた。

「なんて愛くるしい見た目をしているのかしら。瀬古くん、これにしましょう」

「まさかの即決。もしかして夜咲って猫好き？」

「猫好き、そうね。強いて言うなればそうなるかしら。ねえ、瀬古くん。猫は神がもたらしたこの世で最高傑作の生き物だと思わないかしら。ふわふわの毛並み、くりくりの瞳、丸っこい手。そういった愛くるしいフォルムはもちろんだけれど、猫ちゃんの魅力の本質はその気質にあると思うの。猫ちゃんたちはね、誰も寄せつけないような冷たいオーラを放っているけれど、心を許した相手にはその壁を取り払ってそばに寄ってきてくれるらしいのよ。けれど彼らも単純ではなくて、時にはわがままだったり、ちょっぴり頑固だったりするけれど、それは自分を持っているからであって、それもまた魅力的だわ。それにね、猫ちゃんはとても賢いとも言われていて……」

途中から「猫ちゃん」と呼ぶほど、猫への愛が止まらない夜咲。

俺は圧倒されながらも、そんな彼女の新しい一面を知れて喜んでいた。また、キラキラとした表情で猫を語る夜咲の姿はとても可愛らしい。

なんだか話を聞いていると、夜咲自身にも猫要素があるなと思い、少し微笑ましくなる。

このままずっと夜咲の猫トークを聞き続けたいが、今日は目的があるので断腸の思いで中断させてもらう。

「猫の魅力は十分に伝わった。だけど、日向は猫っていうより犬じゃないかな。ほら、夜咲に懐いて抱きついたりするところとか甘え上手だろ。あとは明るかったり、愛想がよくて、人に好かれやすいところなんて、まんま犬っぽいじゃん」

それと少し抜けているところも日向っぽいなと思い、一人でクスッと笑ってしまう。

そんな感じで、日向は猫より犬っぽいという理由を並べて主張すると、夜咲は一瞬目を伏せた後「たしかにそうね」とクッションを棚に戻した。

「犬のグッズにしてみる？　ここならそういうのもありそうだし」

俺はそう提案しながら周りを見渡す。早速、目ぼしいものが目に入った。

「瀬古くん、まだ時間は大丈夫よね？」

しかし、夜咲は逡巡した後に、

「せっかくだから、別のところも見てみましょう。瀬古くん、まだ時間は大丈夫よね？」


そんな回答を返してきたので、俺は「オッケー」と従う。

雑貨屋を出て次の店に移動する。

「ねえ、瀬古くん」

その途中、夜咲は前を見ながら俺の名前を呼び、

「瀬古くんは猫と犬、どっち派かしら」

そんな質問を投げかけてきた。

「うーん。ちょっとずるい回答になるけど、どっちもかな。同じくらい好きだよ」

素直にそう答えると、夜咲は少し落ち込んだトーンで「そう」とだけ呟いた。

あれだけ猫の魅力を熱弁したのだ。やはり夜咲としては猫派だと答えて欲しいところだったのだろう。

もしかしたら、そう答えた方が夜咲は喜ぶのではないかという考えは一瞬頭をよぎった。だけど。どうしてか、俺はそうすることができず、結局どっちつかずの返答をしてしまった。なんだか情けない。

それから俺は夜咲に猫の魅力の続きをお願いしてみると、「いいわ。瀬古くんに猫ちゃんの素晴らしさを教え込んであげる」と言われ、彼女の珍しく溌剌とした声を延々と聞き

続ける素晴らしい時間が訪れたのだった。

今日は勉強会当日。

今まで友達がうちにやってくることは何回かあったけど、今日ほど緊張したことはない。だって、あたしの好きな人が来るんだもん。

それに。別に意味はないけど。今日は家にお母さんもお父さんもいない。

お父さんは出張に行ってて、お母さんはお友達と遊びに行った。

親がいない中、男子を家に上げるのは断られると思ったけど、意外にもお母さんは快諾してくれた。だけどその代わり瀬古のことを詳しく教えてとしつこかった。

仕方なく、お母さんの要望通り瀬古について軽く語った。出会いは高校の受験会場だったこと。入学したら同じクラスになったこと。運動はあたしよりできないけど勉強はできること。オタくんっていう中学からの親友がいて、彼と話している時の瀬古はどこか子供じみていること。そして、意外と優しいこと。

瀬古のことについて話していると、お母さんの表情がどんどんニヤけてきていて、あたしは顔が熱くなるのを感じながら話を中断した。するとお母さんは謝ってきたけど、やっぱりその様子は楽しんでいた。

瀬古と美彩の関係については伏せた。なんとなく、だけど。多分、あたしの口から言葉にしたくなかったんだと思う。

先日のお母さんとのやり取りを思い出していたら、二人の来る予定の時間が迫っていた。他にもやっておかないといけないことはなかったかなと慌てていると、家のインターホンが鳴った。

「い、いらっしゃいませ！」

ドアを開けて二人を出迎える。すると、二人は一瞬固まった後、吹き出すように笑った。

「ふふっ。おかしいわ、晴」

「なんか店員さんみたいだったな」

小さく笑い続ける二人に、あたしは顔を赤くしながら「もう！　早く入って！」と若干怒り気味に促す。

靴を脱いで家に上がったところで、美彩が手に持った紙袋を持ち上げながら聞いてきた。

「晴。ご両親にご挨拶したいのだけれど、いいかしら」

「え？　あ、言ってなかったっけ。今日はお母さんもお父さんもいないよ。だから気にしないで」

「えっ⁉」

驚愕（きょうがく）の声を上げる瀬古は体を翻し、玄関の方へと向ける。

「それは流石にまずいだろ。俺帰った方がいいよな？」

「べ、別に。もうここまで来たんだから、このまま一緒に勉強すればいいじゃん」

「いやあ、でもさぁ」

「なに？　また変なこと考えてるの？　瀬古やらしー」

「ぐぬぬ……」

煽ってみると悔しそうな反応を見せた。だけど「残る」という言葉は引き出せない。

「晴のご両親からの許可は得ているのだから、瀬古くんはそこまで気にする必要はないんじゃないかしら。……私としては瀬古くんとも一緒にお勉強会したいわ」

縋るような、だけどまっすぐな目で瀬古を見つめながら美彩が言う。

すると瀬古は顔を赤くし、美彩から視線を逸らしながら「じゃあ、そうしようかな」と答えた。美彩が嬉しそうに微笑む。

……ずるい。あたしができないことを、美彩はさらっとやってのける。美彩にかかれば瀬古の意思なんて簡単に変えられる。

「部屋、案内するね」

二人の前に出て自分の部屋に案内する。今の顔を見せずにすむから都合がいい。

部屋に着く頃には、きっと、いつも通りのあたしに戻ってるから。

「ここだよ」

「あら、しっかりと整頓されてるのね」

「もー。ひどいよ美彩ー。あたし、こう見えて綺麗好きなんだからね！」

本当は特に綺麗好きなわけじゃない。二人が来るから、瀬古が来るから昨晩頑張って掃除しただけ。

あたしの部屋の感想を言い終えたところで、部屋の真ん中にあるテーブルを囲む形で座り、期末試験に向けた勉強会を始めた。

うちの高校の定期試験は、基本的にどの科目も指定された問題集から似たような問題が出題される。そのため、試験対策といえばその問題集を解きまくることになる。

まずは苦手な数学から手をつけることにした。自分一人だけだとどうしても避けてしまうので、二人がいる間にやっておきたい。

それに、数学は瀬古の得意科目だから。

「……んー？」

早速、解答を見ても理解できない問題にぶち当たった。となれば、二人のどちらかに教えてもらえばいい。……瀬古に教えてもらいたい。だけど直接頼むのは恥ずかしいから、特定の誰かにお願いするわけでもなく「分かんないなぁ」と暗に助けを求める声を漏らす。

「どこ？」

すぐに反応してくれたのは美彩だった。あたしが躓いた問題を確認するため、身を寄せて問題集を覗き込む。

これが瀬古だったら、なんて美彩に失礼なことを考えてしまう。

ちらっと瀬古の方を見ると、顔を上げてこちらの様子を確認した後、視線を下げて自分の問題集に戻ってしまった。でも、あたしの言葉に反応を示してくれていただけでも嬉しくなってしまう。

美彩の説明はとても分かりやすく、あんなに理解できなかった問題が急に解けるようになった。本当に美彩はすごくて、そんな美彩に教えてもらうのが正解だって分かってるけど。分かってるのに。心のどこかでは違う人を求めている。

「ありがとう、美彩！　すぐに理解できたよ〜」

「よかったわ。また分からないところがあったら言ってね」

美彩はそう言って優しく微笑む。

「ごめん、夜咲。立て続けになって悪いんだけど、俺も教えてもらってもいい？」

瀬古が遠慮がちに手を上げながらそんなことを聞く。

「ええ、大丈夫よ。瀬古くんはどの科目をしているのかしら」

「古文だよ。実はこれが一番苦手なんだ。そもそも読み方が分からなくてさ」

「基本的には英語の勉強方法と同じよ。単語や文法といった基本的なところを押さえればあとは慣れるだけ」

「なるほど。あ、それでこの問題なんだけどさ……」

対面に座る二人は距離こそ近くないけど、二人だけの空間がそこにできあがっている感じがした。

瀬古は美彩に教えてもらい納得の声を漏らしつつ、たまに美彩のことをちらちらと見ている。

国語ならあたしも教えることができた。だって数少ない得意科目の一つだから。でも、おそらく美彩には劣ると思う。あたしの得意なものでも、美彩には勝てない。だから美彩が教えるべきなんだって頭では理解している。だけど、心は「ずるい。どうして美彩なの？　あたしに聞いてよ、瀬古」と叫んでいる。

「あー、なんとなく理解できた気がするよ。ありがとう、夜咲」

「人に教えるのも私の復習になるから。遠慮しないで聞いて欲しいわ」

「そう言ってもらえると助かるよ」

教え終わったみたいで、二人だけの空間がなくなっていく。あたしの胸のざわめきが少しだけ収まった気がした。

「国語は本当に苦手でさ。期末試験終わったら文理選択しないといけないじゃん？　俺は絶対理系にしようと思ってるんだよね。工学部とか興味あるし」

「あら、そうなの？　偶然ね。私も理系を選ぶつもりなのよ」

「お、マジか。じゃあ来年も同じクラスになるかもな！」

「ふふっ、そうね。そうなったら嬉しいわ」

美彩が笑い、それを受けて瀬古も照れ臭そうに笑う。

たしか来年からは文系と理系でクラス分けが行われるらしい。だから、二人と違う方を選択したら残りの二年間、絶対に二人と同じクラスにはなれない。

嫌だ。そんなの嫌だ。離れたくない。二人だけを一緒にしたくない。無理だ。耐えられない。

「あ、あたしも理系にしようと思ってたんだよねー」

あたしは咄嗟に自分の進路を変えた。すると美彩から訝しげな視線が送られた。

「晴。あなた、理系科目は苦手っていつも言っていたじゃない。大丈夫なの？」

「た、たしかに苦手だけどさ。今からは分からないじゃん？　これからめっちゃ勉強して才能が開花するかもしんないし！　……美彩はあたしが理系にくるのはいや？」

「違うの。決して誤解して欲しくはないのだけれど、晴の選択に文句をつけたいわけじゃないの。ただ、心配しているの」

美彩の言うことは正論で、だからあたしは押し黙ることしかできなくなってしまった。

何か言い返さないと。そうしないと、二人と、瀬古と離ればなれになってしまう。それなのに、言い返す言葉が出てこない。

涙が出そうになったその時、静観していた瀬古が口を開いた。

「まあ、いいんじゃないか。たしか文転は可能だったたし、緊急措置はあるわけで。それに理系科目なら俺もフォローはできるだろうし」

瀬古があたしのことを助けてくれたことが分かった。瀬古があたしのために美彩に歯向かってくれたことが分かった。……あたしはどこまでも強欲で、瀬古が美彩じゃなくてあたしを選んでくれたような感覚がした。

瀬古の言い分を聞いて、美彩は少し考え込んだ後、「そうね」と呟いて続ける。

「瀬古くんの言う通りね。それに、本人の意思を尊重するべきだったわ」

「ごめん、美彩。変なこと聞いて」

「私こそ。意地悪なことを言ってごめんなさい」

「ううん。あたしのためだってことは分かってるから。それと……瀬古もありがと」

お礼を言うと、瀬古は少し恥ずかしそうに笑みを浮かべた。

「よーし。それじゃあ、今回の試験で苦手克服してやるから！　見ててよ！」

あたしはそう意気込み、目の前の問題集に取り掛かった。

再開してからはさっきより深く集中することができた気がする。その証拠に、気がつけば一時間ほど経過していた。

「少し休憩を取りましょうか」

美彩の一言であたしの集中は解かれてはーっと息をつく。瀬古も同様に体を伸ばしてリラックスしている。どうやらあの集中できる空間を作り出していたのは美彩だったみたい。休憩ってことで何かお喋りでもするのかなと思ったら、美彩と瀬古が目配せしていることに気がついた。

首を傾げていると、美彩が少し大きな箱をあたしに差し出してきた。

「少し早いけれど。お誕生日おめでとう、晴」

「おめでとう、日向」

それを素直に受け取りながらも、突然の祝福の言葉にあたしの頭は混乱する。

「え、え？」

「ここまで驚かれるとは思わなかったんだけど」

「ふふ。でも晴らしいわね」

「それもそうだな」

笑い合う二人を見て、やっと自分の誕生日を祝ってもらえたのだと気づく。

「あ……ありがとう、二人とも！　ほんと、サプライズすぎてびっくりしたよ！　もしかしてこれってプレゼント？」

「えぇ。開けてみてもらえるかしら」

美彩に促されてラッピングされた箱を開けてみる。中に入っていたのは有名なメーカーのスポーツシューズだった。

「え、これ結構高いやつだよね？　貰ってていいの？」

「むしろ貰ってくれないと困るわ。だから遠慮しないで」

「わぁ……ありがとう美彩！」

「喜んでもらえたようでよかったわ。それと、それは瀬古くんとの合同になるから。彼にもお礼を言ってあげて」

「あ、うん。……瀬古もありがとね」

「おう。まあ、選んだのは夜咲なんだけどな」

「あら。でも一緒に買いに行ったのだから、瀬古くんが選んでくれたものとも言えるでしょう？」

「……え」

　いま美彩、なんて言った？　一緒に買いに行った？　誰と？　……瀬古と？

　あたしの知らない間に、二人きりで買い物に行ったの？

「うーん、力になれた自信はないんだよな。あ、でもお金はちゃんと出したからな」

「……瀬古。もっと情けなく見えちゃうよ？」

「うっ、そうだよな。もう言い訳をするのはやめるよ。……まあ、あれだ。改めて、誕生日おめでとう、日向」

あたしは目を伏せながら、小さく「うん」とだけ返す。二人はどんな風に時間を過ごしたの、とか。どこに行ったの、とか。聞きたいことはたくさんあって、だけど聞くことはできなくて。だからあたしは口を閉ざすしかなかった。

それから軽く雑談をした後、美彩がトイレを借りたいと言ったので口頭で簡単に場所を説明した。把握した美彩が部屋を出ていく。突然、あたしは瀬古と二人きりになった。

二人きり。どうしてもさっきの話が頭にちらついてしまう。美彩と二人きりになれて、瀬古は嬉しかっただろうな。今のあたしみたいに、すごく緊張したんだろうな。

……今はどうなんだろう。あたしと二人きりでも、特に変わりはないのかな。少しは意識してくれてないかな。

そんな期待を抱きつつ、ゆっくりと顔を上げて瀬古の方を見る。

すると、彼と目が合ってしまった。

「あ……」

口から声が漏れた。胸の鼓動が激しくなる。今すぐにでも視線を逸らしたい。だけど、このまま彼とずっと見つめ合っていたい。そんな矛盾した願望があたしの中にある。

ただ、このまま黙って見つめ合うのはやっぱり恥ずかしい。

「……ありがとね。誕生日プレゼント。さっきはああ言ったけど、嬉しかった」

何か言わなきゃと思って、咄嗟に出てきたのは感謝の言葉だった。

すると瀬古は苦笑いを浮かべた。

「まあ、情けないのは事実だからな。どうも俺が選ぶものはことごとく夜咲のお眼鏡にかなわなくてさ。最終的には夜咲に頼る形になっちゃったんだよ。……だから、これ」

「へ？」

そう言って差し出された小袋を、あたしは困惑しながらも受け取る。

「あくまでおまけってことで。なんて保険をかけてダサいけど、俺が選んだやつ。勝手にやってることだから、一応、夜咲には内緒な」

「……開けていい？」

訊ねると瀬古は頷いてくれたので、あたしは丁寧に封を開ける。

小袋の中には同じデザインのハンカチとタオルが一組入っていた。ワンポイントでデフォルメされた犬の刺繍がされている。

「まろ犬だ」

「まろ犬？　あ、この犬の名前？」

「うん。あたし、小さい頃からまろ犬が好きでね。グッズとか集めてるの。ほら」

グッズを飾っている棚の方に目を向けると、瀬古も倣ってそちらに視線をやる。

「本当だ。え、じゃあもしかしてこのハンカチとかも既に持ってたり……？」

「ううん。これは持ってなかったよ。だから……すっごく嬉しい。ありがとね、瀬古」

貰ったプレゼントを抱きしめながら、口から素直にお礼の言葉が出てきた。

すると瀬古は一瞬硬直した後、「それはよかった」と言って笑い、あたしから顔を背ける。

「あ」

そっぽを向いた先にあった本棚を見て、瀬古の口から声が漏れる。

「どうしたの？」

「あ、いや。俺の好きなマンガがあったからさ」

知ってる。だって瀬古が好きだから集めたんだもん。

「ふーん。どれ？」

「あー……トルネード・パニックってやつ。なんていうか、日向が持ってるの、すげえ意外なんだけど。何がきっかけで読むようになったの？」

「え、えっと……たまたま。本屋さんで見かけて、表紙が可愛かったから」

即座に考えた適当な理由を答えると、瀬古の声のトーンが変わった。

「え、マジか。俺もなんだよ。表紙のキャラに惹かれちゃってさ、気づいたら手に取ってそのままレジへ向かっていたよ。今ではそのキャラが推しなんだ」

嘘の理由なのに。瀬古と共通点ができたみたいで喜んでしまうあたしはバカだ。

「へ、へえ。こんな偶然もあるんだね。ちなみに瀬古はその時、何のキャラを見たの？」

もしかしたら瀬古の好みが分かるかもしれないと思い、そんな質問をしてみた。

すると瀬古は開いていた口をゆっくりと閉じ、難しい顔をする。

「あー……黙秘権を行使します」

「……なんで？」

「恥ずかしいから」

「意味分かんない。自分の推しキャラを言うだけでしょ」

「それが難しいって言ってるんだ」

「……なにそれ」

瀬古の好みのタイプが聞けると思ったのに。頑なに答えようとしない瀬古の様子にがっかりしてしまう。

でも、どうせ分かりきってることだ。トルパニには美彩みたいな女の子がいる。主人公のクラスの委員長で、黒髪がキレイな才色兼備のキャラ。瀬古はあのキャラが好きなんだ。

それを聞き出して、あたしはどうしたいの。変な期待なんかしないでよ、あたし。

「別の質問になら答えるからさ。これだけは勘弁してくれよ」

「……別の質問なら絶対に答えてくれるの？」

「絶対とは言って……あー、はい。答えます。答えさせていただきます」

じっと見てると、瀬古は観念したみたいで、覚悟した顔をする。

あたしが聞きたいこと。今まで怖くて聞けなかったこと。

あたしも覚悟して、その質問を口にした。

「瀬古は、さ。どうして美彩とだけじゃなくて、あたしも遊びに誘ってくれるの？」

予想外の質問だったのか、瀬古は目を丸くして驚き、「あー……」と頭を掻いてから答え始めた。

「俺が言うのもなんだけど、夜咲には今まで仲の良い同性の友人がいなくてさ。中学では話すのは俺くらいで。それも特別感あって俺は喜んでいたんだけど、やっぱり気の置けない同性の友人の存在って重要だと思うんだよ。今の俺にとっての小田みたいな存在がさ。そんなことを考えていたら、高校に入って夜咲にも友人ができたんだ」

「……あたし？」

「そう、日向だ。ものすごいスピードで夜咲との距離を詰めていく日向を見てさ、正直嫉妬はしたけど、やっぱり嬉しかったんだよ。夜咲にも親友と呼べる存在ができたって。だから二人の邪魔をしたくないなって。でも、知っての通り俺は夜咲と付き合いたい。もっと仲良くなりたい。……そんな二つの俺のわがままが理由で、夜咲を休日に遊びに誘う時、日向も誘った」

「つまり、あたしを誘ったのは美彩のためってこと、だよね」

確認するように聞くと、瀬古は申し訳なさそうに、小さく頷いた。

あたしは思わず俯いてしまう。

胸が痛い。やっぱり瀬古にとって、あたしは美彩の親友でしかなかった。分かっていたことだけど。真実を本人の口から聞いて心臓が張り裂けるように痛い。

「でも」

瀬古の声に反応して顔を上げる。すると、あたしをまっすぐ見てくれる瀬古の目と目が合った。

「今は、どうして日向が夜咲と仲良くなれたのかが分かる」

「……え」

「日向は、その、いいやつだから。夜咲が日向のことを好きになるのも納得がいくというか」

ぼんやりした理由。だけど、それが彼の本心であることは表情から伝わってくる。

「今は俺も日向と遊びたくて。三人でいたくて。二人を遊びに誘ってる。……これが俺の答え、です」

冷たくなっていた心が、一瞬であたたかくなった。固まっていた表情が緩んでいく。

瀬古はあたしのことをあたしとして見てくれていた。美彩の親友としてではなく、日向晴として。

そして瀬古は言ってくれた。あたしとも一緒にいたいって。

あたしも！　なんて叫びたい気持ちを押さえ込む。だけど上機嫌にあたしの口は回る。

「ぷふっ。なんで最後敬語なの」

「い、いいだろ。特に意味はないっての」

「ふーん。そういえば、もう一つ質問あるんだけど」

「おーい。普通一つだろ」

「いいじゃん。ケチケチしないでよ。……これ、覚えてる？」

ペンケースから半分に欠けた消しゴムを取り出し、それを瀬古に見せる。

「まだ持ってたんだ」

瀬古は懐かしそうに目を細めて言う。

その答えを聞いた瞬間、やっぱり覚えていたんだという高揚感と、忘れられていなかったという安堵感にあたしは包まれた。

そして、それらがさっき得られた幸福感と混ぜ合わさり、あたしの感情はもうぐちゃぐちゃになる。

「……覚えてたんだ」

「まあな。すげえミスするもんだと当時は印象的だったしな。おかげで俺は落ち着いて受験することができた」

「何それ嫌味？　……なんですぐに教えてくれなかったの。覚えてるって」

「だって入学後の俺と日向のファーストコンタクト、あれだぞ？　むしろ俺は忘れられてるのかと思ってた」

「この恩知らずめって思った？」

「そこまで性格の悪いやつじゃないんだ俺は」

「……うん、知ってる。……あたし、ずっと覚えてたよ。ありがとうって、ずっと言いたかった」

「どういたしまして」

自分の感情を抑えながら会話を続ける。だから素っ気ない感じになってしまったけど、胸の奥は燃えるように熱い。

瀬古があたしの部屋にいる。あたしの隣にいる。少し手を伸ばしたら触れられる距離。

瀬古が欲しい。瀬古に触れたい。触ってもいいかな。全身で触れ合ってもいいかな。

ねえ、瀬古――

「あら、まだ休憩していたのね」

「……あ」

部屋のドアが開かれ、現れた美彩の姿を見た瞬間、あたしは我に返った。

「静かだから既に勉強を再開しているのだと思ったのだけれど」

「あー、だらだらと休んじゃってたよ。やっぱり夜咲がいないと引き締まらないみたいだ」

「ふふ。そうなの？　それなら今から気を引き締め直して頑張りましょう。ね、晴」

「え……あ、うん。頑張るよ！」

ペンを持ち直して机に向かう。だけど少しだけ上の空で。

あのまま美彩が戻ってこなかったら、あたし、どうしてたんだろう。

そんな考えが頭をよぎるが、あたしは頭を振って追い出し、目の前の問題集に集中するようにした。

◇

勉強会を開いた甲斐(かい)あってか、あたしたちは無事、期末試験で赤点を一つも出すことなく突破できた。

そして夏休みに突入したあたしたちは、どこへ遊びに行こうかとウキウキで話し合った。

せっかくだし夏っぽいところに行きたいよねという話になり、話し合いの結果プールに行くことになった。

プールかぁ。……プール⁉　ってことは、み、水着⁉

同性の友達としか行ったことがなかったから意識したことなかったけど、そうだ、プールに行くとなると瀬古に水着姿を見せることになるのか……うわうわ！ ど、どうしよう。中学生の時に買った水着があるけど、これだったら瀬古、がっかりしないかな。そもそも入る、かな？　最近、一部の成長がすごいし……。

試着してみた結果入る気配がなかったため、あたしは水着を新調することにした。出費がかさむなあと思いつつ、ワクワクが止まらない。

どんな水着を買おうかなーと考えていると携帯が鳴った。音でメッセージの通知だと分かり、すぐに内容を確認すると美彩からだった。一緒に水着を買いに行かないかというタイムリーなお誘いだった。

すぐに返事をして、大きな商業施設が目の前にある駅まで電車でやって来たあたしは、先に着いているという連絡のあった美彩と改札前で合流した。

美彩は純白のワンピースに麦わら帽子を被(かぶ)っていた。透明度が明らかに違い、美しい。

「おまたせー。麦わら帽子似合うね！」

「ありがとう。これ、従妹(いとこ)に選んでもらったの」

「あれ、従妹さんいたんだ」

「ええ。私たちの四つ下でまだ小学生なのだけれど、とてもしっかりした子なの。今度晴に紹介したいわ」

「ぜひぜひ！　美彩の従妹さんだったら、むしろしっかりしてる姿しか想像できないなあ」

「あまりハードルを上げないであげて。あの子にも年相応なところはあるのだから」

「えへへ。ごめんごめん」

美彩に従妹さんがいるなんて初めて聞いた。美彩の親友になれてからたくさん美彩のことを知れた気でいたけど、まだまだ知らないことが多いのだと実感した。

「でも、あの子は同年代の子よりはしっかりしていると思うの。もちろん身内贔屓（びいき）であることも考慮して欲しいのだけれど、自分の意見をしっかり持った子なの。少し生意気だと思う時もあるわ。けれど、それは自分に芯を持っていることなのだから誇って欲しいとも思っているの。それにとても可愛（かわい）らしいのよ。昔から私のことを『お姉ちゃん、お姉ちゃん』と慕ってくれて。彼女が私のことを姉として慕ってくれるように、私もあの子のことを本当の妹のように可愛がっているわ。この前なんて『作りたい料理があるんです』ってレシピ本と材料を持って我が家に遊びに来たのよ。あの子、料理のセンスもあるみたいで初見なのに大成功だったの。あっ、後でその時の写真を見せてあげるわね」

「あ、うん。ありがとう」

どうやら美彩は従妹ちゃんのことが大好きみたい。

たしかトルパニではこういう人をシスコンって言ってたよね。つまり、美彩はシスコンさん？

「ところで、どこか目ぼしいお店ある？　あたし最近水着とか買ってないからあんま分かんない」

「私もあまり詳しくないけれど、一応ここに来る前に調べておいたの。ここなのだけれど」

そう言って美彩は自分の携帯の画面を見せてくれた。そこに映し出されている店は例の商業施設の中にあるものだ。値段もお手頃っぽい。

「いいね！　調べてくれてありがとう美彩～大好き～」

「もう。暑いわよ晴」

美彩に抱きつくとそんなことを言われるが、決して引き剝がそうとしてこない。思えばこういうところにも美彩にお姉さんみを感じる。同級生なのについ甘えたくなっちゃうんだよね。

美彩の魅力を堪能した後、水着専門店に向かった。時期もあってお客さんはあたしたち以外にも多くいた。入りやすくていい。

専門店なだけあって多種多様な水着がある。

「うわー、すごい数。悩むね」

「そうね。とりあえず、いくつかピックアップしてみようかしら」

中学生の時に買ったのはワンピースタイプだった。やっぱり肌を見せるのは……恥ずかしい。脚はまだいい。陸上部のユニフォームで自然と慣れてしまったし、鍛えていたから見られても恥ずかしくない。

だけど上半身は恥ずかしい……やっぱりワンピースタイプかなぁ。うん、安定が一番だね。

「美彩ー。何かいいのあっ――!?」

どんなものを選んでいるんだろうと振り向くと、彼女の手には黒のビキニがあった。

ビキニ!? しかも黒って!

「み、美彩。それにするの？」

「……えぇ。似合うかしら」

「そりゃ美彩だし似合うとは思うけど……こういうの好きなの？」

「……そうね。多分好き、かしら」

「へ、へぇー」

まさか美彩がそんなに大胆な娘だったなんて！ 目の前の清楚を具現化したような少女がそんな！ 会計の店員さん困っちゃう！

……勝てないなぁ。好きな子のビキニ姿とか、絶対あいつ釘付けになるに決まっている。

それなのにあたしはワンピースタイプ……。

あたしはさっきまで見ていたエリアから離れ、店内を見て回っていると新しく気に入ったデザインのものを見つける。

「……これなら、いいかな。ちょっと布面積広いよね。だけど、あたしにこんなフリルなんて……」

「晴はそれにするの？」

「えっ!? あ、うん、悩み中かなー」

「そうなの？　晴ってひまわり好きよね。ほら、ヘアピンもそうだし」

「えっ」

美彩に指摘されて初めて自分が持っているものがひまわり柄だと気づく。ワンポイントだから気づかなかったわけではない。なんとなく自分が好きだと思ったのがこれだったのだ。

……あたしって単純だなぁ。でも、なんだか……いい。

「……あたし、これにする！」

第五話　焦げるほどあつい夏

待望の夏休みに突入した俺たちは、早速夏の醍醐味（だいごみ）といえるプールにやって来ていた。来たのは地元の町から少し離れたところにあるレジャープール。去年オープンしたらしく、最新のアトラクションも揃（そろ）っていて評判もいい。

現在、俺は既に水着に着替えており、二人が着替え終わるのを待っているところだ。

中学以降プールの授業がなくなってしまったため、俺は夜咲（やざき）の水着姿を見たことがなかった。そのため昨晩は興奮と緊張でなかなか寝付くことができなかった。なんなら今もドキドキが止まらない。

いったい夜咲はどんな水着を着てくるのだろうか。妄想が膨らんでしまう。なんとなく、ワンピースタイプみたいな露出の少ないもののイメージがある。少し期待してしまうが、むしろその方が安心できるかもしれない。

「ごめんなさい、遅くなったわ」

後ろから夜咲の声がした。

俺は一息ついて、勢いよく振り返った。

「っ……！」

その姿を見た瞬間、俺は息を呑み込んだ。

夜咲は黒を基調として白のアクセントのあるビキニ姿で現れた。夜咲の色白の身体が映える素晴らしいデザインだと思いつつも、意外にも大胆な水着に腰を抜かしそうになった。

「瀬古くん、どうかしら」

「もう最高！　パーフェクト！　女神が降臨したのかと思った！　好きだ、付き合ってくれ！」

「ふふ、よかった。これ、結構挑戦してみたのよね」

俺は賛辞の言葉を並べた後、思わず勢いで告白をしてしまった。だけど今回も見事に玉砕してしまい落ち込みそうになるが、満足げに微笑む夜咲を見ていると沈みかけた気分も盛り上がってくる。

夜咲の水着姿に夢中になっていると、その隣に立っていた日向が一歩だけ前に出てきて、恐る恐るといった様子で聞いてきた。

「……あたしは？」

「……えっと、日向も似合ってるよ」

「……ふんっ。美彩の時と全然違うし」

日向はフリルのついた可愛らしい水着で、こちらもビキニタイプなのだが布の面積は夜咲より多い。意外だったのが、堂々とした姿の夜咲に対して、日向は顔を紅潮させて恥ずかしそうに身をよじらせていたことだ。

それと……胸が大きくて、ついつい目が釣られてしまうのをなんとか堪えるのに必死になる。

「瀬古。夜咲にバレるわけにはいかないし、日向にも何を言われるか分からない。

「そんな！　それを禁じられたら、なんのためのプールイベントなんだよ！」

「普通に楽しめばいいじゃん」

「ふふ。私、こうして友達とプールに遊びに来たの初めて。瀬古くんは楽しくない？」

「いや、めっちゃ楽しい！　まだ泳いでないけど既に楽しいよ！　おっ、ウォータースライダーがある。行ってみようぜ！」

「なにあれ、滑り台？　なんだか楽しそうね。行ってみましょう」

「……バカみたい」

夜咲を誘ってウォータースライダーに行こうとするが、日向がついてきていないことに気づく。

振り返ると、日向は暗い顔で突っ立ったままだった。

「日向。行かないの？」

「あっ……い、行く！」

声をかけると、日向は表情を綻ばせて返事をし、俺たちのもとへ駆け寄ってくる。

「おいプールサイドで走ると――」

「きゃっ」

俺が危惧した通り、日向は濡れた足場のせいで足を滑らせてしまう。

俺はそれを正面から受け止めた。

「――っと。ほら、言わんこっちゃない。忘れ物といい、おっちょこちょいだよなお前」

「う、うっさい。……けど、ありがとう」

俺の腕の中でしおらしい態度をする日向にドキッとする。さっきから柔らかいものが当たっていて、心臓が激しく鼓動しているのを感じる。

「離れないの？」

「あっ！」

「……！」

夜咲に言われて、俺たちは慌てて離れる。

日向と離れたのに、さっきまで感じていた柔らかい感触は消えないし、鼓動が収まる気配もない。

彼女は彼女でぼーっとした表情を浮かべている。普段の日向なら、夜咲に言われる前に悪態つきながら離れそうなものなのに。

「ねえ、あの滑り台に行くのでしょ？　行きましょう？」

「ん？　あ、あぁ。そうだな。俺も利用したことないけど、めっちゃ楽しいらしいぞ！」

「そうなのね、ふふ。楽しみだわ。ね、晴（はる）」

「う、うん。そうだね。まあ瀬古の情報が間違ってる可能性もあるけど」

「俺の情報のソースはテレビだ。だから間違っていたらテレビ局にクレームを入れてくれ」

「なに責任転嫁しようとしてるのよ。あたしたちにとっての情報提供者はあんたなの。ちゃんと責任取りなさいよ」

普段の日向とのやり取りが戻ってきた。少しほっとするが、どこか残念な俺がいた。

◇

夏休みなのでそもそも来場者数が多いということもあるが、やはりウォータースライダーがこのプールの目玉なのだろう。滑り出す場所まで続く階段には長蛇の列ができていた。ファストパスなんてものはないので、俺たちもその列に並ぶことになる。

だけど、普段から暇な時間は集まって雑談している三人だ。待機時間が苦になるようなことはなかった。話が止まれば、また誰かが新たな話題を提供して盛り上がり、また話が止まれば、を繰り返す。

しかし、いつもの俺たちとは決定的に異なる点がある。格好だ。

そのため俺はどこに視線を置けばいいのか分からず、列を見たり、または遠くの方を眺めたりする。二人の顔を見て話そうとすると、どうしても視線が下がっていく。苦肉の策として他の場所を見るしかないのだ。

そんな時間を過ごしていると、俺たちの順番はもうすぐといったところまで列が進んだ。下で見た時よりも高く感じ、少しだけ足がすくむ。

こういう時、自分より怖がっている人を見ると逆に怖くなくなってくるという。それは本当らしく、目の前で震えている夜咲を見ていると俺の体の震えは一瞬で止まった。

「夜咲、大丈夫か？」

「え、えぇ。思っていたより高くてびっくりしているだけよ」

「……本当？」

「……認めるわ。実はちょっとだけ高い所は苦手なの」

「えっ。だったら言ってくれればよかったのに。今からでも降りる？」

「ううん。ここまで並んだのだし、せっかくだから最後までやり遂げるわ。それに、瀬古くんが楽しいって誘ってくれたのだから」

「うっ」

その理由は正直嬉しい。胸に突き刺さるものがあった。

「ふっふっふ。責任重大だねぇ、瀬古」

「楽しい、楽しいに決まってる。テレビで言ってたし、皆こんなに並んでるし！」

これで楽しくなかったなんてことがあったら、テレビ局に速攻クレームをつけてやる。

「しかし、日向は平気なんだな」

「まあねー。高い所とか得意だし、ジェットコースター系も好きかな」

「ジェットコースター……一度乗ってみたいのだけれど、やっぱり私には無理かしら」

「そんなことないって！　ジェットコースターにもレベルがあるからさ、自分が楽しめるレベルを見つけたらいいんだよ！　今度一緒に行こ？　あたしが付き合ってあげるからさ！」

「そうなのね。ふふっ、お願いしようかしら」

日向の機転により、夜咲の表情に笑顔が戻った。俺が笑顔にできなかったことは少し悔しいが、余裕ができたようでよかった。

「次の方どうぞー」

スタッフさんに促され、俺たちはスライダーのスタート地点に移動する。そこから見る景色は先ほどとはまた別の迫力がある。止まっていた俺の体の震えも戻ってきた。

「や、やっぱり、私……」

夜咲の体がさらに震え始める。

やっぱり諦めた方がいいのかな。そう思ったその時、

「怖いようでしたら、お二人で滑ってはいかがでしょうか。支えがあると落ち着きますよ」

スタッフのお姉さんがそう言って、俺に親指を立ててきた。流石に俺もその言葉の意図を察する。隣の日向も察したようで、

「じ、じゃあ、美彩。あたしと一緒に滑ろ！」

そう言って夜咲に手を差し出した。

しかし、夜咲はその手を見つめるだけで摑もうとしない。何か逡巡するような様子。

それが数秒だけ続いた後、夜咲は俺の目を見て言った。

「瀬古くん。私と一緒に滑ってくれないかしら」

「えっ、俺⁉」

突然のお願いに驚愕の声が出てしまう。もちろん日向も驚き、浮かんだままだった手を引っ込めながら発言する。

「ど、どうして瀬古と⁉　あたしの方がいいんじゃない？　ほら、女子同士だし、あたしは全然怖くないしさ、頼りにしてもらって――」

「ううん。瀬古くんと滑りたいの。瀬古くん、実はちょっとだけ怖いでしょ？」

「……バレてた？」

「うん。体が少しだけ震えてる。私だけじゃないんだって安心した。だけど、今、私が晴

と滑ったらそんな瀬古くんを独りにしちゃう。それは嫌だなって思うの。それに、怖がっている者同士、これも助け合いになるでしょ？」

そう言って、夜咲はいたずらっぽい笑みを浮かべた。それは今までに見たことのない笑みで、俺の心臓がドクンと跳ねた。

「そういうことだから。ごめんね、晴」

「……ううん！　そういうことなら仕方ないか！　ほら、行ってきなよ、ビビり」

「ビビりって言うな」

日向に背中を押し出される形で、俺は夜咲と一緒にスライダーの頂上に座る。夜咲が前で、俺が後ろだ。

夜咲の身体に極力触れないように重心を後ろにやり、手も横に置いていると、スタッフのお姉さんがニヤニヤしながら話しかけてきた。

「はいお兄さん、彼女さんの体に腕を回して。しっかりと支えてあげてください！」

「あの、夜咲はまだ彼女さんは彼女じゃないんですけど」

「まあまあ。彼女さんは大丈夫ですよね？」

「……ええ。大丈夫よ、瀬古くん。もっと私にくっついて？」

「えっ……いやぁ、でも流石にさ。この格好だし」

「人は人と触れ合うことで幸せホルモンと呼ばれるオキシトシンが分泌されるらしいの。

今、緊張をほぐすために最適な行動じゃないかしら」

科学的な根拠を交えて説得されてしまえば、俺が言い返せる言葉なんてない。

「……分かった」

ふう、と一息つき、ゆっくりと腕を夜咲の身体の前に回す。すると必然的に他のところも触れることになる。腕には夜咲のお腹の感触が。胸には夜咲の背中の感触が。脚はさっきから夜咲のお尻部分に触れている。

触れ合っている部分のお互いの体温が徐々にならされていき、等しいものになっていった。すると感覚が一緒になり、まるで夜咲の身体と繋がっている感覚すら覚える。

「……なんだか気持ちがいいわね」

「……え？」

夜咲が小さく呟いた言葉を聞き返そうと思ったその時、

「はい！　それじゃあ、いってらっしゃーい！」

ドンッとスタッフのお姉さんに背中を押されてしまい、俺たちは発出された。

勢いよくスタートした俺たちは、水の勢いと落下によって加速しながらどんどん地上に近づいていく。

「うわああああああああ」

「きゃああああああああ」

思っていた以上の迫力で、思わず夜咲の身体に回していた腕の力を強めてしまう。

そのまま俺たちは地上にあるプールに投げ出され、着水と同時に分離する。急いで顔を水中から出して、夜咲の様子を確認する。夜咲も遅れて立ち上がり、顔を水中から出す。その表情は先ほどのものとは異なり、高揚しており、どこか満足げなものだった。

俺たちは顔を見合わせ、どちらからともなく笑い始める。

「あはははは。めっちゃ怖かった！　あんなにスピードが出るんだな！」

「うふふ。ほんと、びっくりしちゃった。もうっ、あんなに大きな声出したの初めてよ」

そういえば夜咲も大きな声を出していたなあと思い出す。

次の人が降りてくるので、俺たちは急いでプールから出る。プールサイドに出ると、先に出ていた夜咲が「それに」と言葉を続ける。

「すごくドキドキしたの」

その時の夜咲の表情は、まるで、映画のヒロインのようだった。

勇気を出して買い、頑張って着た水着を瀬古に披露した。

美彩と一緒に瀬古のところに行ったのは失敗だった。瀬古は美彩が現れた時からずっと美彩の水着姿に釘付けだ。

「……あたしは？」

だから、自分から聞いてみた。恥ずかしくもあったけど、悔しさとか、あたしも褒めて欲しいという気持ちの方が強かったから。

「えっと……日向も似合ってるよ」

「……ふんっ。美彩の時と全然違うし」

瀬古が見てくれた。あたしのことを見てくれた。似合ってるって言ってくれた。変に思ってないみたい。挑戦してみてよかった。ねぇもっと見て。この水着、瀬古のために買ったんだよ？　胸元も遠慮せずに見て欲しいな。フリルとか可愛いし、ひまわりもあるんだよ。瀬古、あたしにひまわり似合うって言ってくれたもんね。ねえお願い、もっとあたしのこと見てよ、瀬古。

心の中で瀬古への想いが暴走する。だけど、その矢印は一方通行だ。

瀬古の視線を追う。やっぱり瀬古は美彩の水着姿に夢中だ。胸が締めつけられるように痛む。いやだ。

「瀬古。美彩のことジロジロ見ないでよ」

あたしを見てよ。瀬古。

その後も二人で楽しそうに話し、瀬古の提案でウォータースライダーに行くことになった。

「……バカみたい」

やっぱり瀬古にとってあたしは好きな人の親友でしかないんだ。さっき褒めてくれたのだって社交辞令だったんだ。楽しみにしてたのに、なんだかもう帰りたくなってきた。

気持ちが落ち込んでいく。周りのはしゃいでいる声が耳障りに感じてきた。

そんな中、あたしの耳にすっと届いた声があった。

「日向。行かないの？」

気がつくと瀬古たちは既に歩き始めていた。そして瀬古はあたしがついてきていないことに気づいて、声をかけてくれたのだ。

よかった。瀬古は美彩だけを見ているわけじゃなかった。あたしのこともちゃんと見てくれていた。

瀬古、好き。好き。好き。大好き。

「あっ……い、行く！」

返事をして、少し焦って二人のもとへ行こうとする。すると足下が濡れていたせいで足を滑らせてしまった。

このまま転けてしまうと思い、痛みを予想して目を瞑った瞬間、前にいた瀬古があたしの身体を受け止めてくれた。

「――っと。ほら、言わんこっちゃない。忘れ物といい、おっちょこちょいだよなお前」

「う、うっさい。……けど、ありがとう」

イジられたのでいつもの調子で悪態をついてしまったが、すぐに自然と口からお礼の言葉が出てきた。

瀬古があたしのことを受け止めてくれた。もしかして、あたしたちって今、抱き合っている格好？　やばい。心臓が張り裂けそうだ。でもこうして実際に触れてみると、瀬古の体の硬さがより伝わってくる。なんていうか、頼もしい。これが男の体なんだろうか。それに、肌が触れ合うのがこんなに気持ちいいなんて、知らなかった。瀬古とだから？　好きな人とだから？　ずっとこのままの体勢でいたい。瀬古はどうかな。嫌じゃないかな。同じ気持ちだったら嬉しいな。ねえ、瀬古。

瀬古への想いを募らせていると、美彩に声をかけられて我に返ったあたしは瀬古から離れた。

それからウォータースライダーの待機列に並んでからも、あたしはさっきのぬくもりを忘れられずにいた。もっと触れていたかった。そんな気持ちがあたしの中で渦巻いている。

「……あ」

瀬古、今あたしの胸見た？

瀬古はさっきからわざとらしく遠くを見ている。いつもはあたしたちの顔をしっかりと見て話すのに。だけど会話中にそっぽ向き続けているわけにもいかずこちらを見る時に、チラッと視線が下がる時がある。

見てもいいんだよ瀬古。瀬古も男の子だもんね。いいよ。見て。あたしのを見て。美彩のじゃやだ。瀬古は大きいの好きかな？　あたし、最近大きくなったんだよ。もっと露出しているのがよかったかな。今度また来る時は、あたしもっと頑張るね。

あたしの頭の中はもう瀬古のことでいっぱいになっていた。意識して欲しい。見て欲しい。触れて欲しい。瀬古への想いが暴れて仕方がない。

だから、美彩の異変に気づくことができなかった。

普段のあたしなら気づけたはずなのに、美彩は高いところが苦手らしく、列に並んでいる間ずっと震えていたらしい。

それに気づいたのはあたしたちの番が回ってくる直前。責任感のある美彩だから、ここまで来て自分のせいで諦めるなんてことはしないことは分かっていた。

「怖いようでしたら、お二人で滑ってはいかがでしょうか？　支えがあると落ち着きますよ」

スタッフさんがそんなことを言う。その意図をすぐに理解したあたしは、美彩に自分と一緒に滑ろうと提案した。断られる気はしなかった。だって女の子同士だし、怖くないあたしに頼るのが普通だと思ったから。

だけど美彩はあたしの提案を断り、瀬古に一緒に滑って欲しいとお願いした。

瀬古が美彩を後ろから抱きしめるようにして滑る準備をする。まるで二人は恋人同士みたいだ。

瀬古は美彩の身体に触れてしまっていることで顔を赤くしている。

そして美彩は……今まで見たことがないくらいに幸せそうな表情を浮かべていた。

今からでも遅くない。やっぱりあたしと滑ろうよと言おうとした瞬間、

「はい！　それじゃあ、いってらっしゃーい！」

スタッフさんの元気のいい掛け声と共に、二人は下へ滑っていった。

上に残されたあたしを誘導しようとスタッフさんが近づいてきて、あたしを見て顔を引き攣らせた。

「あ、あの、次に滑る準備を……」

「はい。二人の様子をしっかりと見ていたので、やり方は分かりました」

あたしは速攻でスタンバイし、スタッフさんの「ど、どうぞー」という震える声を聞いた瞬間に滑り降りた。

地上のプールに体が投げ込まれるがすぐに立ち上がり、プールサイドの方に目を向ける。

瀬古と美彩が仲良く笑っているのが見えた。美彩は滑る前は怖がっていたけど、どうやら二人とも楽しめたらしい。

……あたしは楽しくなかったけどなぁ。

だけどそんな感想を言うと水を差すことになってしまうので、

「いやー、なかなかにスリルがあった！　結構やるじゃんウォータースライダー！」

と、笑顔を作って言った。一瞬、瀬古は戸惑ったような表情を浮かべていたが、ほっと安堵したような表情に変わる。あたしの言動で瀬古の表情が変わるのが、とても嬉しい。心が温かくなる。

「やっぱり評判通りだったってことだな。どうだ、俺の情報は間違ってなかっただろう」

「ふっ。たまたまのくせによく言うよ」

「なんだと！」

「ふふ。でも本当に楽しかったわ。下が水だと思うと、あまり怖くなくなってきたわね」

「おっ。じゃあ、もう一回行こ――」

「行かない」

自分でもびっくりするくらい低い声が出た。こんな声を出すなんて、瀬古に嫌われないか不安になる。

だけど、もう一度行くのだけは嫌だった。またあんな光景を見るのだけは絶対に避けたいの。ごめんね、瀬古。

「ほら、また長時間並ぶ羽目になっちゃうしさ！　他のも遊ぼうと思ったら、時間が足りなくなっちゃうって！」

適当な言い訳を並べて、あたしは自己保身に走る。

「……あ、あぁそうだな。うん、別のところも行ってみるか。夜咲もそれでいい？」

「ええ。ふふ、今日は色々初体験しちゃおうかしら」

「その言い方は語弊がすごいんだって！」

「うっわ。瀬古、何考えてるの！　スケベ！」

そんな悪態をつきながら、あたしは内心ホッとするのだった。

◇◇◇

夏といえば、で案に上がったものがもう一つある。夏祭りだ。

地元では、毎年夏になるとそこそこの規模の花火大会が開催される。その会場付近では屋台が立ち並び、毎回大いに盛り上がっている。

いつもより少し多めの金額を財布に入れて家を出る。

今日も電車を使うが現地に着くまで二人と会うことはない。どうやら俺と合流する前に二人は別行動をしているらしいのだ。

待ち合わせ場所に到着し、グループトークにその旨を伝える。するとすぐに返事があり、二人も間もなく着くとのこと。

辺りを行き交う浴衣を着た人の群れを眺めながら、なんとなくこの状況に既視感を覚えていると、俺の名前を呼ぶ声が聞こえた。

「お待たせ。瀬古くん」

声の主が夜咲であることはすぐに分かった。

だから振り返りながら「俺も今さっき来たばっかりだよ」と返事をしようとして、言葉を失った。

現れた二人は浴衣姿だった。

夜咲は黒を基調とした浴衣を着ており、髪も編み込んだアップヘアスタイルになっている。そのため普段は隠れているうなじが見えて……色気がすごい。また変な感情を抱いてしまいそうになる。

一方で日向は白を基調とした浴衣で、黄色のひまわり柄が日向に似合っていた。こちらはヘアアレンジはしておらず、いつものヘアピンが前髪を整えている。あどけなさが残る日向にぴったりな格好だ。

「瀬古くん。黙ったままじっと見ないで。……流石に恥ずかしいわ」

「あっ。ご、ごめん」

絶句したまま固まって彼女らの浴衣姿を凝視していたため、顔をわずかに赤らめた夜咲から注意を受けて謝る。

「見惚れててさ……本当に素敵だ。大和撫子を体現しているようだ。夜咲、好きだ。付

き合ってくれ」

「それは流石に褒めすぎだわ。でも、ありがとう。瀬古くん」

お礼を言われたものの、告白に関してはいつも通りスルーされてしまった。つまり今回もダメだったみたいで、気持ちを切り替えて日向の方を向く。

「日向も似合ってていいな。それって自前なの？」

「……レンタル」

「へえ。借り物にしてはよく似合ってるよ、本当。可愛らしいし」

「っ……そ、それはデザインが、ってこと？」

「え」

日向が恥じらいながらそんなことを聞いてきたため、俺は一瞬思考が停止する。

思わず口から漏れてしまった本音を拾われ、言葉を返せずにいると、夜咲が口を開いた。

「もちろん浴衣のデザインも可愛いし、それを着ている晴も可愛らしい、ってことよね。瀬古くん」

夜咲はフォローを入れてくれたのだと考え、俺は「そうそう」と夜咲の言葉を肯定した。

すると日向は夜咲のことをじっと見た後、「そっか」と呟いてニコッと笑った。

「なかなかセンスあるじゃん、瀬古」

「日向こそ」

冗談じみた煽りだと分かっているため適当に返す。これでこのやり取りは終了、という俺たちの間の合図だ。

「それじゃあ早速、屋台巡りにでも行くか！」

「ええ。楽しみだわ」

「えへへ。あたし、絶対リンゴ飴食べるんだー」

花火が打ち上がるまでまだ時間はある。その間、時間を潰すついでに、立ち並ぶ屋台を巡る。

祭りで見かける料理はどれも魅力的に見えてしまう。具材が碌に入っていない焼きそばも、家で作ればほぼ無料のかき氷も、スーパーで買えば半額以下の唐揚げも。気がつけば購入しており、うまいうまいと食べていた。

祭りの醍醐味といえば食事だけではない。射的や金魚掬い、輪投げなど。景品付きのゲームも多くある。

「金魚は流石に持って帰られないわ」

「あたし小さい頃、大量に掬ってお母さんに怒られたことあるよ」

「ふふっ。晴は金魚掬いも得意なのね」

「えへへ。実はポイが破れないコツがあるんだよ。掬う時の角度が重要でね……」

日向が楽しそうに金魚掬いのコツを伝授しているのを、夜咲は微笑ましそうに聞いている。やはりこの二人は親友同士ではあるけど、どこか姉妹ぽさもある。

周りの楽しげな話し声。二人も履いている下駄の音。そして夏虫の鳴く声。入り交じって不快なはずの音がどこか心地よい。

そうやってしばらく歩くと、射的をやっている屋台を見つけた。どんな景品が並んでいるのか眺めていると、日向が「あっ」と声を出した。

「まろ犬のぬいぐるみだ！」

「まろ犬？」

「まろ眉が特徴的な犬のキャラだよ！　美彩、知らないの？」

「ごめんなさい。犬にはあまり興味がなくて。……あら？　でもどこかで見たことがあるわ」

夜咲は思案顔を浮かべた後、はっと何かに気づいた表情に変わる。

「そうよ。晴、あなたが最近使っているハンカチに似たようなデザインがされていなかったかしら」

「あ……うん」

日向は肯定して、ちらっと俺の方を見てから言葉を続ける。

「えへへ。そうなんだぁ。あれね、お気に入りのハンカチなの」

へぇと感心したような声を漏らす夜咲に対し、俺は少し気恥ずかしくて視線を逸らす。

「ね、ね。ちょっとあたし挑戦してきていいかな」

「私は構わないわ」

「近くで応援してやるから。頑張ってこい」

「う、うん！」

意外にも素直に俺の応援を受け止めてくれた日向は、射的屋のおっちゃんに五百円玉を渡して五つのコルクと銃を受け取り、準備を始めた。

日向が狙っている、大きいまろ眉が特徴的な柴犬がモチーフのぬいぐるみを確認する。なかなかサイズが大きく、並んでいる商品の中では大物に分類されるものだろう。

日向は落っこちてしまいそうなくらい身を前に乗り出し、銃を構える。そして——発射したコルクはぬいぐるみの横を掠めていった。

「惜しい」

彼女の熱意にあてられて、感情が声になって漏れてしまった。

その後も少しずつ修正しながら挑戦したが、コルクの残弾がなくなる前にぬいぐるみが景品棚から落ちることはなかった。

「……もう一回！」

財布から五百円玉を取り出し、コルク五つと交換した日向は再び挑戦する。

しかし、結局景品に一度も当てることができず、追加分の五つのコルクも使い果たしてしまった。

「うぅ……」

後ろ姿からでも分かるくらい、彼女は悔しがっている。

その姿を見たからか。それとも彼女の熱意に影響されたか。俺は財布からお金を取り出し、射的屋のおっちゃんに渡した。

「瀬古？」

微かに震えた声で俺の名前を呼ぶ日向。それには応じず、俺は集中して銃を構えた。

狙うものは決まっている。

パン、パン、パン、パン。

四発分のコルクを撃ち切ったが、未だ当てることができず。

多少焦ってきたが、一つ深呼吸をして再び集中することに。残り一発。こいつに全てを賭ける。

パンッ。

放ったコルクはぬいぐるみの額にヒットした……のだが、ぬいぐるみを落とすまでは叶わず。俺もあっけなく全弾使い切ってしまった。

だけど最後の一発は当てることができたんだ。感覚は摑めた。あと何回かやれば落とせるかもしれない。

追加の弾を貰おうと財布を取り出す。すると、服の裾を引っ張られた。

「もういいよ、瀬古」

「……可能性はありそうだっただろ？」

「あんなの、たまたまかもしれないじゃん。瀬古がこれ以上無理することないよ」

無理してなんかないと言い返そうと日向の方を振り向く。

その表情は、なぜか、どこか満足げに見えた。

「でも、ありがとう。瀬古」

◇◇◇

今日は夏祭り。

最初は私服で行こうかなあって思ってたけど、美彩が浴衣で行くって言うからあたしもそうすることにして、急いで美彩と同じお店にレンタルの予約を入れた。

予想通り、浴衣姿の美彩も綺麗だった。水着は黒だったけど、今回も黒色だった。彼女の透明感のある肌のせいか、暗闇の中で彼女は光り輝いているように見えた。それに……色気がすごい。

やっぱり瀬古は美彩の浴衣姿を絶賛する。瀬古はいつも美彩のことを褒めているが、今日の褒め方は……なんか力が入っている感じがして、やだ。

あたしももっと大人っぽいものにすればよかった。今回も一目惚れで選んだけど、やっぱり子供っぽかったかなぁ。そんなことを考えながら自分が着ている浴衣を見ていると、

「日向も似合ってていいな」

瀬古は美彩のことを褒め倒した後、あたしのことも褒めてくれた。

瀬古があたしのことを褒めてくれた。この可愛い浴衣が似合っているって言ってくれた。嬉しい。これにしてよかった。だってあたしは美彩みたいに可愛くないから。可愛い浴衣を着たりしないと、瀬古はあたしを褒めてくれたりなんかしないから。でも今日は着てきてよかった。また褒めて欲しいな。瀬古。好き。今度また何か着てくるね。瀬古は何を着て欲しいのかな。教えて欲しいな。あたし、なんでも着てあげるから。

「それって自前なの？」

「……レンタル」

「へえ。借り物にしてはよく似合ってるよ、本当。可愛らしいし」

「っ……そ、それはデザインが、ってこと？」

「え」

勇気を出して少し攻めた質問をしてみたところ、瀬古が固まってしまった。

変なことを聞いてしまったと内心焦ってしまう。だけど、聞きたい。瀬古の口から。あたしのこと、可愛いって。

「もちろん浴衣のデザインも可愛いし、それを着ている晴も可愛らしい、ってことよね。瀬古くん」

瀬古の言葉を待っていると、代弁するかのように美彩がそう言うと、瀬古はそれに頷いてみせた。

間接的ではあるけど、瀬古に可愛いと言ってもらえてあたしの心は躍る。……だけど、やっぱり直接、瀬古の言葉で言ってもらいたかった。

落ち込んでいても仕方がないので、それからは祭りを楽しむことに専念した。目に付いた美味しいものを食べていると次第に幸せな気分になってくる。

「あっ」

見かけた射的屋さんの景品にまろ犬がいることに気づいた。

そこに並べられていたまろ犬はたしか限定品で、今ではなかなか手に入らないものだった。

絶対に手に入れたい。そんな強い想いで挑んだけど、一発も掠りもしなかった。

射的に自信があったわけじゃないけど、これだけの想いがあれば奇跡が起きてもおかしくないなんて思っていた。だけど、実際はそんなことなかった。

どれだけ想っても手に入らないものがある。それを痛感し、なぜか胸が痛くなる。

少し泣きそうになっていると、瀬古が射的に挑戦し始めた。どうやらあたしと同様、まろ犬を狙うらしい。

頑張って。心の中で必死に応援をしながらその挑戦を見守った。

結局、最後の一発だけ当てることはできたけど、瀬古もまろ犬を落とすことはできなかった。

再び挑戦しようとする瀬古の服の裾を摑んで引っ張って止める。

たしかにまろ犬は手に入らなかった。でも、あたしの心は満足していた。あたしのために瀬古が頑張ってくれたことが嬉しい。あたしの欲しいものは貰った感じがする。

「ありがとう。瀬古」

お礼を言うと、瀬古は困惑した表情を浮かべたのち、照れ臭そうにしていた。

射的屋から離れてまたしばらく歩いていると、美彩がとある屋台を見つけて足を止めた。

五つの木製のピンが台の上でピラミッド状に重ねられており、それをボウリングの要領でボールを投げて全て台から落とすことができたら景品が手に入るらしい。

どうやら美彩はそれに挑戦してみるらしく、料金をお店の人に支払った。そして受け取ったボールを、瀬古の前に差し出した。

「瀬古くん。私の代わりに挑戦してみてくれないかしら」

「俺が？」

瀬古があたしの方をチラッと見た。その意図はすぐに分かった。こういう競技ならあたしの方が適任のはず。だけど、美彩は瀬古にお願いをした。……どうして？

「ええ。瀬古くんにお願いしたいの。だめ、かしら」

美彩が少し弱気に訊ねる。

そんな聞き方したらだめだよ、美彩。だって、

「よっしゃ！　任せて！」

瀬古、やる気出しちゃうもん。

渡されたボールは二球。一発で全て落とせば大きい景品、二発だとお菓子が貰えるらしい。

肩を回し、やる気溢れる瀬古。

あたしはその後ろ姿をただただ眺めていた。

「ストラーイク！　おめでとう！」

お店の人が大きな声で瀬古の挑戦が成功したことを告げる。

「やったわね、瀬古くんっ」

美彩はいつもよりトーンの高い声で瀬古に称賛の言葉を送り、両手を掲げる。瀬古はそれに応じて、優しく美彩の両手に自身の両手を合わせた。

美彩は景品として猫のキャラクターのぬいぐるみを貰い、それを大事そうに抱える。

……ずるい。ずるい。ずるい。ずるい。ずるい。

あたしが欲しくても手に入らないものを、彼女は簡単に手に入れてしまう。

親友にこんな感情を抱いちゃだめなのに。

心の底から。彼女が恨めしい。

「日向」

名前を呼ばれてふと我に返る。目の前にはリンゴ飴があった。

「ちょうど隣で売っててさ。これやるよ」

「え……」

「まあ、その。射的の方は残念だったからさ」

そう言って押しつけられたリンゴ飴を、あたしは素直に受け取った。

つまり、リンゴ飴は代わりということなのだろう。

それでも、代わりでも、あたしの心は満たされてしまった。

瀬古はずるい。あたしの心をこんなにも簡単に弄ぶ。

でも、好き。

◇

リンゴ飴を食べ終えた頃、最後に花火大連発を三人で一緒に見るため、あたしたちは瀬古の誘導のもと、山の抜け道を通って祭り会場近くの小さな神社へと向かった。

「意外と誰もいない穴場スポットらしいんだ。もちろんソースは小田」

道中、瀬古はドヤ顔でそんなことを言っていた。オタくん情報なのにどうして瀬古がそんなに自慢気なのかがおかしくて、あたしと美彩はクスクスと笑っていた。

神社の境内に着いた。たしかに誰もいないのに、花火が打ち上がる場所はしっかりと見える好スポットだった。

社殿を背にして三人で並んで立ち、花火が打ち上がるのを待っていると、ドン、ドン、と目の前に広がる夜空に明るい花が咲き誇り、遅れて大きな音が心臓に伝わった。

「綺麗だなぁ」

「えぇ。本当に」

両隣から花火に感動する声が聞こえてくる。あたしはそれに「うん」と同意し、二人と一緒に上空を眺める。

いつもあたしは瀬古と美彩の間の位置にいる。だから今もあたしの隣には瀬古がいて、隣を見ると夜空を見上げて感動したような瀬古の横顔が見える。

今、瀬古は花火に夢中だ。だから気づかないはず。

あたしはこっそり、瀬古の服の裾を摘んだ。引っ張らない程度に。瀬古に気づかれないように。

こうしていたら、ここにいるのはあたしたち二人だけのような気がした。

時間の流れる感覚がゆっくりになってきた。ずっと、このままでいたい。

視界の端で閃光が走る。だけどそれを気にすることなく、あたしは瀬古の横顔に夢中になっていた。

ドン、ドン、という音が全身に響く。これが花火の音なのか、それともあたしの心臓の音なのか。その違いも分からなくなってきた。

瀬古。瀬古。瀬古。瀬古。瀬古。瀬古。

もう何度目か分からない。頭の中は瀬古で埋め尽くされ、他は何も考えられなくなっている。

だから、花火の打ち上げが終わったことにも気づくことができなかった。

「晴？」

「っ⁉」

隣から名前を呼ばれ、瞬時に手を自分の体のそばに戻した。

ゆっくりと隣を振り向く。すると、怪訝そうな表情を浮かべた美彩があたしのことを見ていた。

もしかして、今の見られてた？　あたしが瀬古の服の裾を掴んでいたの見られてた？

あたしが瀬古の横顔に夢中になっているの見られてた？

あたしが瀬古を好きなこと、バレた？

焦る中、美彩がさらに言葉を発する前にあたしは行動を起こした。

「あ、あー、花火終わっちゃったね！　そういえばあたし、綿菓子まだ食べてなかった！　まだ屋台やってるかもだから、買いに行ってくるね！」

「お、おい。日向！」

瀬古の声が聞こえて一瞬体が止まりそうになったけど、そのままこの場から逃げるように駆け出した。

突然、日向が走っていってしまい、その後ろ姿を呆然と眺める。

下駄を履いているのに走って、転けないか少し心配だ。

たしか綿菓子を買いに行ったんだっけ。

「花火は終わったわけだし、俺たちも行った方がいいか」

ここにいる用事もないし日向を追いかけようと提案したところ、「待って」と夜咲に制止をかけられてしまった。

振り向き、夜咲と対面の形になる。

「晴はここに戻ってくるでしょうし、すれ違いになったら大変じゃないかしら」

「うーん、たしかに。でも携帯で連絡は取れるし」

「屋台の方は多くの人で混雑しているでしょうし、合流するのもあまり容易ではないと思うの。だから、瀬古くん。もう少しここにいましょう。……二人で」

二人で。夜咲にそう言われて、俺は今の状況を改めて把握した。

夏の夜。花火を見終わった後。周りに誰もいない状況の中、好きな子と二人きり。

「ねえ、瀬古くん」

夜咲が一歩、俺のそばに寄る。そうすることで、俺たちの間にあった空間が消えた。いつも誰かがいた、その空間が。

俺たちは今、完全に二人きりになったような気がした。

急に心臓の鼓動が速くなってきた。今までにはなかった緊張を感じる。

「花火、綺麗だったわね」

「あ、あぁ」

それに負けないくらい夜咲は綺麗だ。そんなくさい言葉を思いついたが、流石に口にするのは恥ずかしいなと思い、口を噤んだ。

だけど。俺を見つめる夜咲の目が、俺の口を開かせる。

「夜咲も綺麗だよ」

夜咲は薄く笑って言う。

「具体的に教えて」

一瞬戸惑うが、俺の口はすらすらと言葉を紡いでいく。

「さっきも言ったけど、浴衣、本当に似合ってるよ。黒っていうのがとても上品で、夜咲にぴったりだと思う。雰囲気もすごいし、浴衣に合わせたその髪型もとても素敵だ。アップに纏めているのが個人的にグッときた。それと……夜の光に照らされた夜咲は、とても幻想的で、魅力的だ」

そこまで言い切ったところで、夜咲は小さく頷き、花が開いたような笑顔を浮かべた。

「嬉しいわ」

夜咲はそう言って、また半歩、俺との距離を埋めた。

もう俺たちの間には彼女の抱えるぬいぐるみしかない。

心臓の鼓動がぬいぐるみを伝って彼女に伝わってしまうのではないか。そんな不安がよぎり、さらに鼓動の激しさは増していく。

規則的な振動。でも僅かに感じる揺らぎ。俺のものとは違う何かが混ざっているような。

「瀬古くん」

——続きはないの？

夜咲の目がそう言っているように思えた。

続き、続きってなんだろう。伝えきれていない夜咲の魅力はたしかにまだまだたくさんある。だけど、それじゃない気がする。

……あ。

いや、でも。今日はもう既に一回したんだ。一日に一回まで。夜咲にこれ以上迷惑をかけないために定めた俺の中のルール。それを破ったことは一度もない。

だけど。今なら許される気がした。迷惑なんてかからない気がした。むしろ……望まれているような気さえした。

完全に自分勝手な妄想だ。彼女は何も言っていない。ただこの雰囲気に呑まれた俺が自分に都合のいいように解釈しているだけ。

そんなこと分かっているのに。俺の口は言うことを聞いてくれない。

まるで、今が好機なんだと言わんばかりに。

「夜咲。俺は、夜咲のことが――」

「はぁ……はぁ……はあ」

屋台が立ち並ぶ通りがまだ遠くに見えるところで立ち止まり、息を整えたのち、大きなため息をついた。

どうして逃げてしまったんだろう。バレてしまっていたとしても、また後で合流するのに。綿菓子を買いに行くなんて嘘をついてまであの場から逃げてしまった。

やっぱり綿菓子を買ってこないと二人に不審がられるかな。でも別に食べたくはない。まあいいや。とりあえず買って、二人のところに戻れば……あ。

そうだ。今、瀬古と美彩は二人きりだ。あたしが抜けて、二人きりになってしまっている。

別にこのような状況は今日に限ったことではない。カラオケでも、あたしがドリンクバーに飲み物を取りに行ったら同じような状況になる。

でも、なぜか今日は違う気がした。根拠はないしただの勘だけど。このまま二人を二人きりにしてはいけないって。あたしの第六感が訴えた。

踵を返してその場を駆け出し、必死に走った。あの場から逃げる時より速く、二人のいる場所へ戻る。

下駄を履いているせいで足がものすごく痛いけど。そんなの気にせず力の限り走った。

そして、近くまで戻ってきたところで減速した。月の光に照らされる二人の間に流れる空気が異様だったからだ。

瀬古が必死に美彩に何かを伝えている。内容は聞こえないけど、その様子をあたしはよく知っている。多分、美彩の魅力をたくさん伝えてるんだ。たくさん、いっぱい、羨ましいくらいに。

瀬古が言い終えると、美彩はうっとりとした表情を浮かべ、瀬古に近づいた。

二人の間の距離が縮まった。あたしの割り込む隙間なんてないくらいに。

至近距離で見つめ合う二人。美彩は何かを待っているようで。瀬古は、何かを言いかけているように見える。

体が警鐘を鳴らす。さっきより明確に、危険だと伝えてくる。

分かんない。分かんない。分かんない。分かりたくない。

二人が纏う空気。美彩の上気した顔。瀬古が今から発そうとする言葉。全部分かんない。

胸が痛い。足も痛い。だけど、今動かないと絶対に後悔する。それだけはわかる。

あたしは再び駆け出し、二人のもとへ急いだ。

「俺は、夜咲のことが――」

「ごめん、今戻った――わっ⁉」

瀬古の言葉を遮るように現れたあたしの下駄の鼻緒が切れてしまい、あたしは走った勢いのまま前へと倒れてしまいそうになる。

なんか既視感があるなと思いつつ、今から来るであろう衝撃を予想し目を瞑る。

しかし、それは訪れなかった。

「日向……やっぱりお前、おっちょこちょいだなぁ」

目を開いて顔を上げると笑った瀬古の顔があった。プールの時みたいに瀬古が受け止めてくれたのだと分かり心臓の鼓動が激しくなる。爆発してしまいそうなくらいに激しく。

だけど、痛みはいつの間にか消えていた。

「う、うるさい。下駄の鼻緒が切れちゃったの」

「あ、本当だ。うわぁ指の間も真っ赤じゃないか。これ歩けるか？」

「……分かんない」

「分かんないって。まあ難しいだろうなあ……うーん」

瀬古は腕組みをして唸る。あたしのために考えてくれているらしい。

「晴。私の肩を貸してあげるわ」

「わ、悪いよ」

「いいのよ。支えがないと歩きにくいでしょう？」

美彩が優しく微笑む。その笑顔を見て、あたしの中で罪悪感が生まれた。

でも、気づけばあの変な空気は消えていた。

「多少は良くなるだろうけど、まだ歩きにくいよな……あ、そうだ」

瀬古は何かを思いついたような声を漏らしたかと思うと、あたしに背を向けてその場にしゃがみ込んだ。

その行動の意味をあたしはすぐに理解し、胸がトクンと跳ねた。

「よしこい」

「……いいの？」

「これが一番合理的だろ。駅まで結構遠いし。それに、俺にになら遠慮しなくていいだろ」

「……そう、だね」

恐る恐る瀬古の肩に手を置き、両脚は瀬古の体の側面に置く。すると瀬古は遠慮気味に
あたしの両脚に腕を通し、立ち上がった。視界が高くなる。

「おっと。すまん日向。もう少しくっついてくれ」

「……重い？」

「いやいや、そういうんじゃないって。ただ安定性を増すためにそうして欲しいんだよ」

「……すけべ」

「おーい。降ろすぞー」

「やだ」

しがみつくように、体を押しつけるように、ぎゅっと瀬古の背中を抱きしめる。

すると瀬古の体がビクッて反応したのが伝わってきた。

「そ、それじゃあ帰るかー」

そんな瀬古の上擦った声を合図に、あたしたちは帰路に就く。

「瀬古くん。無理しないでね」

「大丈夫、大丈夫。意外と鍛えてるんだ俺」

「……そう。でも休憩は取って欲しいわ」

「そうだな。無理して倒れたら日向が怪我しかねないし」

「……そうね。ところで晴。あなた、綿菓子はどうしたの？」

「えっ……あ、あー、もうお店閉まっちゃっててさ。買えなかったんだよねー」

「それは残念だったな。あんなに急いでいったのに」

「うん」

残念なのかな。ううん、全然残念じゃない。だってね、瀬古。あたし今、幸せなんだもん。そもそも綿菓子は本当に食べたかったわけじゃないのもあるけど。走って、鼻緒が切れちゃって。おかげでこうして瀬古にくっついていられる。瀬古に甘えられる。

あたたかい。瀬古の背中に触れていない部分も。胸もぽかぽかしてくる。

このぬくもりを失いたくない。誰にも譲りたくない。あたしだけで独占したい。

瀬古。好き。好きだよ。あなたのことが好き。どうしようもないくらい好き。他の何もいらないくらい、あなたが欲しい。

瀬古は、どうかな。あたしのこと、好きかな。

あたしをあげたら、瀬古も瀬古のこと、あたしにくれるかな。

ねえ、瀬古。

第六話　夜咲美彩の？

私は小さい頃から自分のことが好きになれなかった。

実家は由緒正しい家柄ではないが裕福な方で、両親は私により良い環境を与えようと高校まで一貫の私立の小学校に通わせてくれた。優れた児童が集まっていると両親に言われ胸を躍らせていたけど、実態はそんなことなかった。

そこで目にしたのは、自分の能力の低さを棚に上げて他人を蔑む学友の姿だった。自分のことが見えていないその節穴加減にも、やたら他人に攻撃的なその姿勢にも呆れた。けれど、学友たちは楽しそうに日々を暮らしている。楽しくないのは私だけ。本当に間違っているのは私の方かもしれないと、心の片隅で思うようになった。

また、こんな冷めた目でしか学友のことを見られない自分はいったい何様のつもりなのだろうとも思えるようになり、次第に、自分のことも嫌いになっていた。

このままではいけないと思い、父と母にお願いをして地元の公立中学に進学することにした。両親は意外にも反対することなく、私のお願いを聞き入れてくれた。思えば、別に意外でもなんでもなく、二人は常に私のことを考えてくれていただけだった。両親には感謝しかない。

環境が変われば周囲の人間も変わる。人間は環境に育てられるもの。ならば私も変われるのではないかと思った。

結局、私の期待を裏切り、どこに行っても人間の基本的なところは変わらなかった。もちろんクラスメイトとの会話で上がる話題などといったものは一変したけれど、自分に甘く他人に厳しいそれは変わらなかった。

クラスメイトと話すことはあれど、友人と言える者は一人もできないまま三年生になった。こんなことになるのなら、あのまま内部進学しておけば良かったと後悔していた。

「な、なあ！　夜咲、だよな？」

新しい教室に入ると、クラスの男子が話しかけてきた。顔も見覚えないし、話したこともないと思う。

「ええ。あなたは？」

「オレは――」

彼の名前、なんだったかしら。一文字目すら出てこない。

そんな彼はいわゆるクラスのお調子者みたいで、私以外にも多くのクラスメイトを集めて品のない笑い声を上げている。

「おい、こっちに来いよ」

彼がそう言って手招きした先には、生気を感じられない男子がいた。その男子は彼の言うことに素直に従ってこちらに来て、無茶振りとも言えるモノマネを披露させられた。

彼のクオリティの低いモノマネを周囲は嘲笑する。

「つまらない」

気がつけば、口から素直な感想が漏れていた。

モノマネ自体もつまらなかったが、こんな、人を馬鹿にしたようなことをして一緒に笑っているクラスメイトたちが、なによりそんな彼ら彼女らに何も抵抗せず、されるがままのこの男子がつまらなかった。

お調子者の彼は、どうにかして私の機嫌を取り戻そうと媚び諂うような態度に切り替わった。さっきまでの態度とは真逆だ。本当につまらない。

周囲の人たちも、どうしたものかといった表情を浮かべている。女子の中には「調子に乗るな」といった視線をぶつけてくる子もいた。調子に乗っているのはどっちなのかしら。

そんな中、彼の目だけは私をまっすぐ見ていた。先ほどまで澱んでいたその目は、段々と光を取り戻していく。

その日から彼は変わった。もちろん以前の彼のことは詳しくは知らないけど、私が抱いた第一印象とは異なる姿へと変わっていった。

彼は初めにクラスメイトの二人の男子に自分から話しかけに行った。私はその様子を遠くから眺めていた。最初は互いにしどろもどろな様子だったけど、次第に笑い声が漏れるようになった。

私はそれを見て、自然と笑みが溢(あふ)れた。

初めてクラスメイトに興味を持った私は、去年も同じクラスだった子たちの名前を覚えてもいないのに、彼の名前だけは記憶した。

瀬古蓮兎(せこれんと)くん。それが彼の名前だった。

しばらくはその男子たちと一緒に話していた瀬古くんだが、ある日、なんと私に声をかけてきた。

「や、やじゃき！」

そんな短い言葉でも彼は噛(か)んでしまい、かなり緊張しているのがありありと伝わる。それがなんだか可愛(かわい)らしい。こんな感情、クラスメイトに対して抱いたのは初めてだった。

その日を境に彼とお話をするようになった。初めはぎこちない会話だったけれど、次第に会話の中で自然と笑い声も出るようになった。

いつしか学校に行くのを楽しみにしている自分がいることに気づき、自分が少しだけ変わってきていることにも気づいた。

変わることのできた瀬古くん。彼と一緒にいることで私も変わることができる。そう確信した時だった。

それと。個人的に、彼といる時間は好きだった。けれどそれは本人には伝えられない。伝えないのではなく伝えられないなんてことも初めての体験で、嬉しくなったのは内緒。

彼と同じ中学校に通える時間は短い。けれど、同じ高校に通えばさらに三年間追加される。

受験前の三者面談の際、彼の進路を確認した。そして担任と両親に、彼と同じ高校を目指すと伝えた。けれど彼には伝えない。恥ずかしいのもあったけれど、受験後に同じ高校に通うことを伝えた時、彼がどのように驚いてくれるのかが見たかったから。

結果、彼は合格発表の場で一番大きい声を上げることになった。私はそんな彼を愛おしく思う。

そして高校に入学した初日。彼に告白された私は、二つの意味で驚いた。

まず、彼が私に好意を持っていることに全く気づいていなかった。これは私が恋愛を知らないことも原因だと思うけれど、やはり他人を知ることが苦手なのが大きいのだと思う。

もう一つ、彼が自分の好意を相手に伝えられるほどに変わったことに驚いた。告白という行為は勇気のいるものだと聞く。それを行うことができる彼の成長に感動した。

けれど、私の答えは決まっている。

「ごめんなさい」

瀬古くんの気持ちは本当に嬉しかった。だけど、その気持ちには応えることはできない。

自分のことすら好きになれない私に、恋愛なんてする権利はないのだから。

◇

瀬古くんは入学式の日に私に告白して以降、毎日のように私のことを好きだと言ってくれる。

「好きだ夜咲！　付き合ってくれ！」

「今日はいい天気だな。見ろよあの青空、夜咲みたいに綺麗だ。好きだ、付き合ってくれ！」

「夜咲の好きな紅茶ブランドの新作買ってきた。美味しかったぞ！　ところで『美味しい』ってなんで『美しい』って字が入っているんだろうな。今日も美しいぞ夜咲、好きだ、付き合ってくれ！」

それらに対して、私は内心喜びながらも冷めた態度を取ってしまう。素直に喜ぶのは少し恥ずかしいのもあるが、結局その気持ちを受け入れられないため、どうしても曖昧な態度になってしまう。だから仕方ないのだと自分に言い聞かせる。

けれど彼の心は折れることなく、私の魅力について語り、最後には気持ちを伝えてくれる。それがあるだけでも、学校に行くことが楽しみに思える。

それと、今はもう一つ学校に行く楽しみがある。

「瀬古。あんた、いい加減にしなさいよ。美彩をこれ以上困らせないで」

私に告白をしてくれる瀬古くんに毎回文句を言いに行く私の親友、日向晴の存在だ。

彼と彼女のこのやりとりは毎回で、瀬古くんの告白は晴のストップまでがセットとなりつつある。瀬古くんもそれ以上は続けてこないし、晴も普通に雑談をしたりする。

晴はとても明るい性格で、人懐っこく、誰とでも分け隔てなくお話しすることができる。瀬古くんとも、私と彼の間ではしないような冗談交じりの会話をよくしている。私はそんな彼女を羨ましく思っていた。憧れの存在だ。だから彼女が私の親友だと言ってくれるのは本当に嬉しい。

そんな彼女は少し抜けているところがあり、それがまた愛嬌があって可愛い。どうも私は隙がないらしく、その辺も私とは異なる。

晴という親友ができたことも私にとって大きな変化ではあったけれど、ただ単に彼女のおかげで仲良くできているだけで、私自身が変わったわけではないことは明白である。

一度、彼女から瀬古くんの告白を本気で拒絶した方がいいという助言を貰ったことがある。

「瀬古のあの様子じゃ、美彩が『うん』って言うまで続けるつもりだよ。迷惑ならさ、一度バシッと拒絶した方がいいって」

「……そうね。でも、私は困っていないから。このままでいいと思っているの」

「……そっか。まあ美彩がいいならいいけどさ」

彼女は納得してくれたのかそれ以降言ってくることはないが、やはり瀬古くんが愛を叫ぶと必ず止めにかかる。

実際、私は困っていない。むしろ楽しみにしている。だけどその気持ちに応える気はない。本当に瀬古くんには悪いことをしていると思っている。けれど、あれがもう聞けないと思うと寂しさを覚える。だから拒絶なんかしない。

私ってこんなにずるい女だったかしら。心の中で自嘲する。

◇

高校に入学してからは常に彼らと行動するようになった。学校のある日も休日も、私たちは一緒にいる。それが何よりも嬉しい。

中学時代も瀬古くんとお話しする機会はあったけれど、今ほど多くはなかった。彼は小田くんたちとの時間も大切にしていたから。けれど、高校も一緒になった小田くんは部活で新しくお友達を作り、次第に瀬古くんがこちらにいる時間が多くなった。それを彼らは「そういうものだ」と割り切っているようで、いざ二人の時間になると変わらず楽しく会話をしている。

では瀬古くんにとって新しいお友達とは誰かというと、それは晴のことに決まっている。

瀬古くんと晴はお互いに「仲良くない」と言っている。けれど、二人の間にある空気感を私は羨ましく思う。

それは友人としてのものなのか。それとも、また別の感情なのか。私には分からない。

けれど二人と共にする時間が増えていくにつれ、私の中のその謎の感情は大きくなっていった。

言い争っているようで、お互いに気心の知れた相手と冗談を言い合っている時。

怪我(けが)した者同士だからと、お互いに絆創膏(ばんそうこう)を貼り合っている時。

教科書を忘れたからと机をくっつけ、時折ではあるが授業中に小声で話をしている時。

私の心は騒がしくなる。けれどその理由は分からない。

晴の誕生日プレゼントを買いに行った時も、私の心は穏やかではなかった。

最初は瀬古くんと初めて二人でお買い物に行くことに多少の緊張感を覚えていた。

それは瀬古くんも同様だと思っていたのだけれど、彼は私ほど緊張している様子もなく、いつもと変わらない調子で接してくれた。

まるで、私たちの間にあの子がいるかのように。三人で休日を過ごしている時のように。

それだけ瀬古くんの中で晴の存在が大きくなっているのだと分かる。

彼が私の親友とも仲良くしてくれているのは、本当は喜ばしいことなのだけれど。なぜか私の胸の中に黒くて重たいものがぶら下がった。

同時にもう一つ不思議なことが。それは、彼と一緒にいると、彼が私に意識を向けてくれると、胸が軽くなるということ。

だから私は時間が限られているにもかかわらず、非効率的な手段を取った。彼と別行動するなんて考えることができず、一緒にお店を回ることを選んだ。

私がそう提案すると、彼は少し戸惑った様子を見せた。おそらく予測していた私の行動と違ったから。たしかに今までの私であれば、効率的な手段を取っていた。彼が私のことを理解してくれているのだと分かると、心にあたたかいぬくもりを感じる。

思えば、最近の私は彼が関わることになると論理的な選択ではなく、感情や直感を優先した選択を取るようになっている気がする。それは受験する高校を選んだ時もそう。文理選択も、彼が理系に行くと聞いて咄嗟に私も理系だと言ってしまった。

私、もしかして彼に変えられてしまったのかしら。そのことに喜びを覚えるのは、私が変わることができたことに対して？　それとも、彼によって変えられたから？

その結論は未だ出ずじまいではあるけれど、それを理解することができた時、私は本当の意味で変われたと言えるのだと思う。

本当、なんの根拠もないけれど。なぜか私は確信してしまっている。

それから私の内に生じた感情も、今までの私、少なくとも春先の私にはなかったものばかりだった。

彼がプレゼントを贈る初めての女性が晴だと知った時、どうして昨年、私たちは誕生日プレゼントを交換しなかったのかと後悔した。

彼が彼女のイメージに囚われず、彼女の真価を見出したかのような服を選んだ時、彼の彼女への強い想いを感じ、胸に痛みが走った。

彼に猫派か犬派かを問うと両方という答えが返ってきた時、理由は分からないけれど、裏切られたと感じた。

動悸がする中それを悟られないように表面上は平静を装いながら、晴の誕生日プレゼントを私が決めさせてもらった。

選んだのは彼女に似合いそうなスポーツシューズ。少し値は張るけど二人で出し合えばちょうどいいと瀬古くんも賛成してくれた。

彼が選んだものではない。それだけで胸が軽くなる。

彼とのお出かけの時間が終わってしまうという寂しさを覚えながら、私の中にはほっとした安堵感があった。

しかし、その日以降も私の感情が乱れることは多々あった。

お互い水着を着ているにもかかわらず、足を滑らせて転倒した彼女を彼が抱き留めた時。

お願いされるまでもなく、彼女のために彼が射的に挑戦した時。

その他、二人だけの空間が生まれる時、私の心は激しく動揺し、張り裂けるような痛みを覚えた。

一方で。彼が私のことを意識し、私を褒め称えるような言葉を送ってくれる時、やはり私の心はじんわりとしたぬくもりを感じている。

だから、プールに行く際、彼が好きそうだと思った水着を選んだ。彼に褒めてもらえると思ったから。浴衣も同様の理由でレンタルした。

そして、あの時。花火を見終わり、晴が突然駆け出していって、彼と二人きりになった時。私は求めてしまった。いつ、どうして傷つけられたのかも分からない自分の心を癒やすために、彼の言葉を欲してしまった。

ぽっかりと空いた隙間を埋めるように。私は行動した。

すると、彼は私の魅力を伝えてくれた。私が求めたこともあって、いつもより多く、彼は言葉を連ねる。

それを聞いて満たされていく私の心。けれど、まだ何かが足りないと思えた。自分からは求めることができない言葉が。

結局、晴が戻ってきたことによりそれを聞くことはできなかった。だから私の心は乾いたまま。

あの日から少し日を開けて、明日はまた三人で遊びに行く予定。

夏休みに入ってからは平日も遊ぶことがあり、親に毎回車で送ってもらうこともできない。それと、電車を使えばより早く瀬古くんに会えるから。私は電車を使うようになった。

だから最近は、家の最寄り駅で待っている私のところに、瀬古くんだけがやって来る。

私を見つけた彼は、一目散に私のところに駆け寄ってくれる。

けれどその場で言葉はくれず、彼の中では晴のストップがどうしてもセットになっているのか、晴と合流してから彼の言葉を聞かせてくれる。

二人きりの時に欲しいと思ってしまうけれど、それを私が口にすることはできない。

今まで私は自分のことを褒めてくれる彼の言葉が欲しくて、その後に続く彼の想いを受け入れないくせに拒絶はしないなんてずるいことを行っていたから。

けれど。今は、その後の言葉が欲しい。

わがままなことを言っているのは分かっているけど。

お願い。

ちょうだい。

瀬古くん。

第七話　代わりにしていいよ

夏休み中は毎日ではないが、ほとんどの日を夜咲や日向と過ごしていた。

それ以外の日は自宅でのんびり過ごしたり、または小田と、そして別の高校に行った真庭と遊びに行ったりしていた。

高校に入ったのを機にメガネからコンタクトレンズに変えた真庭はどこか垢抜けて見えて、昨日の集いではなんと彼女ができたことを報告してきた。

今まで恋愛に興味を示さなかった友人から受けた報告に、俺と小田は驚愕した後、今日は宴だとカラオケルームで騒ぎまくった。

その後は真庭の彼女について根掘り葉掘り聞く時間となった。まあ、俺たちが聞く前から真庭からぽつりぽつりと情報を小出しにされていたのだが。やはり惚気たくなるものなのだろう。

彼女さんは同じ高校、それも同じクラスの女子で、なんと一緒に学級委員を務めているらしい。

学級委員の仕事で一緒になる時間が増え、休日も同じ時間を過ごすようになり、そしてこの夏、内に燻っていく感情を曝け出した結果、二人は結ばれることになったんだとか。

「夏の魔物って本当にいたんですね」

まさか自分が告白する勇気を持っているなんて思っていなかったと語る真庭は、そんなことを呟くように言っていた。

その言葉を聞いて思い出したのは、先日の花火大会だった。

ほぼ毎日、好きな子に告白をしている俺には常に魔物がまとわりついているようなものかもしれないが、あの日はいつもと違う感覚がした。

どこか縋るような目で俺のことを見つめてくる夜咲に魅了され、自分の中で取り決めた約束を破り、その日二度目の告白をしようとしていた。

だけど日向が戻ってきたことでそれは中断され、俺たちにまとわりついていた空気は霧散し、その続きが俺の口から放たれることはなかった。

既に三桁は失敗しているというのに。もしあのまま告白をしていたらどうなっていたか。

今でもそんなことを考えてしまうほど不思議な感覚だった。

もしかしたら、あの日、あの場所にそれがいたのかもしれないな。なんて心の中で呟いて苦笑する。

「それで真庭氏。やはり彼女氏はタツマキに似ておるのか？」

意外にもグイグイと質問をする小田が口にしたその名前は、俺たちが愛読しているトルパニにおける真庭の推しキャラだ。

跳ねる心臓を押さえながら真庭に注目すると、真庭は取り繕うように笑う。

「彼女は普通の女の子ですよ。一人称は『私』で、語尾に『っす』を付けたりしません。……たしかにタツマキちゃんは僕の推しですが、この世界での最推しは彼女です」

最後に照れ臭そうに惚気る真庭が、とても眩しく見えた。

ふと視線を感じてそちらを振り向くと小田と目が合った。

俺たちの恋愛の達人は何か思うところがあるのか、俺の顔をじっと見つめる。

その視線を振り切るように俺はマイクを手に取り、真庭の門出を祝う下手っぴな歌を歌った。

それ以降、小田が俺に意味ありげな視線を送ってくることはなかった。

それが昨日の話。夏休みも終わりが近づいてる今日は夜咲や日向と遊びに行く予定になっている。行き先はプールや花火大会のような夏っぽいところではなく、普段から遊びに行っている街だ。

今日は花火大会の日以来の集まりでもある。日向の足の怪我が悪化していないといいが。

身支度を済ませ、そろそろ家を出ようかなと携帯を確認したところ、二人とのグループトークにメッセージが溜まっていることに気づいた。

どうやら日向が発熱したらしく、今日は中止にして欲しい旨のメッセージが届いていた。

それに対し、夜咲は日向の体調を心配しつつ了承、そしてお見舞いに行こうかと伺いを立てていたのだが、うつしては悪いからと断られていた。

二人のやり取りに目を通した俺は、「了解。お大事に」とメッセージを送った。少し短いかと思ったが、あまり長文を送っても今は辛いかもと思いそのままにした。

さて。今日の予定が急になくなってしまった。日向が無理だからってこのまま夜咲と二人で遊びに行くようなことはできないし。夏休みの課題を消化する日にでもするか。

そう考え、自室の机に向かおうとしたその時、携帯にメッセージが届いた。日向からだった。ただ妙なのがグループにではなく俺個人宛てに届いていた。

珍しいこともあるものだと思いながらメッセージを確認する。

『お見舞いに来て欲しい。手土産とかはいらないから』

日向が俺にお見舞いをお願い？　夜咲の申し出は断ったのに？

メッセージを読んで頭の中にそんな疑問が湧いて出た。

……あぁ分かった。俺には風邪をうつしてもいいと思っているんだな。あんにゃろ。食べやすいものとスポドリ持って殴り込みに行ってやる。

疑問が解消された俺は早速家を出て、電車に乗って隣町へと向かった。そして駅前のコンビニであらかたの物を買い集め、商品の入ったレジ袋をぶら下げながら、期末試験前に訪れた際の記憶を頼りに日向家を目指して歩く。

その道中。なんとなく、先日、日向家を訪れた時のことを思い出していた。

夜咲には内緒で、俺個人からの誕生日プレゼントを日向に贈った時。その時の日向の表情は今もたまに思い出すほど魅力的で。その時の俺は思わず顔を背けてしまった。

そしたら本棚にトルパニが並べられていることに気づいて。まさか日向がトルパニを読んでいるなんて思わなかったけど、もし話ができるなら嬉しいと思い話題に出してしまった。

だけどそれは失敗で、俺の推しキャラは誰なんだって質問をされてしまった。

俺のトルパニの推しキャラはフウだ。

フウはショートカットが印象的な元気印の女の子。だけど実は気配り屋で、陰では悩みを抱えていたりして。

そして、目の前の少女によく似ている。

だから、その質問に答えるわけにはいかなかった。答えられるわけがなかった。

◇

「たしかここだったよな」

回想している間に、とある一軒家まで辿り着いていた。表札を確認すると……うん、たしかに『日向』と書かれてある。

緊張をほぐすために深呼吸を一つして、目の前のインターホンを押す。するとしばらくして、『はい』と聞き慣れた声が聞こえた。

「あー、日向……晴(はる)さんのクラスメイトの瀬古(せこ)です。お見舞いに来ました」

『……あ、あたし。鍵開いてるから、そのまま中に入って』

声から日向だとは思っていたが、もしかしたらご家族かもしれないと思い、一応彼女を「晴」呼びにしたのだが、やはり本人だったみたいで変に恥ずかしい思いをしただけだった。

入ってきてと言われてもなぁと思いながら、恐る恐るドアを開ける。たしかに鍵はかかっておらず、すんなりとドアは開いた。

「おじゃましまーす」

様子を窺(うかが)うように挨拶をする。しかし中は静まり返っており、返事はなかった。え、どうすればいいのと玄関で立ち尽くしていると、ズボンのポケットの中の携帯が震えた。日向からのメッセージだ。そのまま二階の自分の部屋まで来て欲しい、だそうだ。困惑しながらもこのまま帰るわけにもいかず、メッセージに従うことにする。靴を脱いで家に上がり、そのまま二階へと上がっていった。

日向の部屋の前まで来て、再び一つ深呼吸をする。そして、ドアをノックした。

「日向。俺だけど」

「いいよ。中に入って」

中から聞こえてきた日向の声に従い、ドアを開ける。

部屋の中に入ると俺の好きな匂いが鼻腔をくすぐった。

「来てくれたんだね」

部屋の窓のそばに設置されてあるベッドに、布団に包まった状態で日向は座っていた。

「当たり前だろ。はいこれ、お見舞いの品。適当に買ってきたから、嫌いなのあったらごめんな」

「……いいって言ったのに」

「流石に手ぶらでお見舞いには行けねぇだろー」

「……だってあたし、仮病だし。お見舞いになってないもん」

「……は？」

おいおい、じゃあなんで俺を呼んだんだよ。

そう問い詰めようとしたその時、日向は立ち上がり、体を包んでいた布団をベッドの上に落とした。

彼女の綺麗な柔肌が目の前に現れる。

「え――」

「瀬古、夏にプール行った時、あたしの胸よく見てたでしょ？　好きなのかなって」

彼女はあの時の水着姿になっていた。

頭が混乱してきた。思考が追いつかず、俺の体は硬直してしまう。そんな中、日向は俺のそばに近寄って来て、俺の手を取り——自身の胸に当てた。そして俺の手の甲に手を重ねて、揉む仕草を行う。

俺の手のひらに温かくて柔らかい感触が襲ってくる。

「んっ……」

「ひ、日向⁉ 一体これはどういうつもりで——」

「瀬古ってさ、結構すけべだよね」

「……へ？」

「まず、エッチなマンガを集めてるでしょ」

「べ、別にトルパニはそれだけが目的じゃないし……」

「遠足の時、湯上がりの美彩を見て興奮してたでしょ」

「……それは」

「この前のプールに行った時だって。美彩の身体に触れて欲情してた」

「し、仕方ないだろ。好きな子とあんな状況になったら、男だったら誰でも……」

「でも、あたしの胸も見てたよね。何度も。たくさん」

「……ごめん」

「いいよ」

「……え？」

「瀬古の好きなようにしていいよ、あたしの身体。胸を揉みたいなら揉んでいいし、お尻を触りたいなら触ってもいい。どこに触れてもいいよ。……その先も、していいから」

そう言って、日向は俺の手を下へ移動させる。その先が何を意味しているのかはすぐに分かった。

「ま、待てって！」

慌てて彼女の手を振り払う。

日向は俺の手が離れてなくなった自身の手を見つめ、悲しげな表情を浮かべる。

「やっぱり、あたしじゃだめってこと？」

「違う！　そういうわけじゃなくて……」

思わず彼女の手を摑んでしまおうとする衝動を堪え、彼女に荒い口調で問いかける。

「なんで日向がこんなことするんだよ。わけが分かんねえよ」

「理由？　理由は簡単だよ。瀬古の欲望が爆発して、美彩が傷つかないようにだよ。だからあたしが代わりに瀬古の相手をしてあげて、解消してあげるの」

「……なんだよそれ。俺が欲望に負けて、夜咲を襲いかねないってそう言いたいのかよ！」

「言い切れるの？　ほんとに？　瀬古は、自分の内の衝動に絶対に負けないって約束できるの？」

「当たり前……あっ」

啖呵を切ろうとしたところで思い出したのは夏祭りの時の一幕。

俺は自分で取り決めたルールを破って、夜咲に告白をしようとした。

そんな俺が、本当に衝動に駆られてそんなことをしないって断言できるのだろうか。

自信がなくなってしまい言葉が詰まる。

日向は薄らと笑って言う。

「ほら。我慢なんてできないんだよ。……自分の中でね、欲しい欲しいって気持ちが膨れ上がってくるの。だめだって思っても、無理だって思っても、心は言うこと聞いてくれなくて、あたしの考えなんて無視して。それが欲しいって暴れまくるの。……抗うことなんてできないよ」

どこか実感のこもった言い方に呑まれて、それを否定する言葉が出てこない。

「ねえ、瀬古」

そっと近づいてきた日向に再び左手を取られる。

しかし、今回は先ほどと違った。

正面から互いの手のひらを合わせた後、一本ずつ、俺の指と日向の指が絡められる。

さっきと違って手を繋いだだけなのに。

心拍音が聞こえるほど鼓動が激しい。

日向のすべすべした手が気持ちいいなんて感想を抱いていると、日向は繋いだままの手を高くして胸の位置に持ってきた。繋がれている手を実際に目視してさらに血流が速くなる。

急いで視線を逸らすが、その先には日向の潤んだ瞳があって。

俺たちの間に、またあの変な空気が漂っているのだと気づいた。

「していいんだよ」

手を握る力が強くなる。

「あたしに。美彩にしたいこと」

日向の動き全てに注目がいく。

「恋人とするようなこと」

頭が日向のことでいっぱいになる。

「して」

瞬間、俺は手を握ったまま彼女の体を引き寄せた。

そして、その小さな体の後ろに右腕を回し、強く抱きしめる。柔肌に指が沈む。

「あ……」

小さく戸惑いの声を漏らす日向。

しかし、しばらくすると日向も空いている方の腕を回してきて、そしてぎゅっと抱きしめてきた。

日向の格好のせいか、女の子らしい柔らかい感触が十分に伝わってきて、それに溺れてしまいそうになる。

ずっとこのままでいたい。既にそう思ってしまっている。

冷房の効いた室内にいるのに、夏の日差しを直に受けているかのように体が熱い。

彼女の抱きしめる力が強くなると無意識に俺の体も動き、さらに彼女の身体に密着する。

すると彼女の髪からふわっと香りが漂ってきて、俺の好きな匂いの正体を知る。

「……瀬古」

耳元で日向が囁くように名前を呼ぶ。

「これからさ、あたしとしよ。瀬古のしたいこと、美彩にしたいこと」

いつものはきはきした喋り方とギャップのある、艶気を含んだ低い声が耳に入ってくる。

「もし美彩と付き合うことになったら、この関係は終わりにしていいから」

彼女の声が耳を通って脳に届き、くらくらとする。

「それまで。たくさんしようよ」

「美彩には内緒で」

あとがき

初めまして、土車 甫(つちぐるまはじめ)と申します。

この度は本作『好きな子の親友に密(ひそ)かに迫られている』を手に取ってくださりありがとうございます。

本作は第8回カクヨムWeb小説コンテストにて特別賞を受賞した『好きな子の親友が俺の○○を管理している(以下、Web版)』を書籍版に改稿したものとなっております。すげえタイトルですね。

改題に伴いWeb版から若干の変更があり、イベントが追加されていたりしますが、大まかな話の流れは変わっておりません。ただ大きな変更点として、担当編集氏のご助力によってかなりパワーアップされたかと思います。

さて。想定より多くのページをいただいたので、本作について少し語らせていただきます。

本作は「ドロドロした作品を読みたいなあ」「恋に落ちて壊れていく女の子を描(えが)きてえ」という自分の欲望を詰めまくったものになっております。恋をした可愛(かわい)いヒロインの顔が曇る瞬間って最高じゃないですか。そこにインモラルな要素を加えたらすごいことになりそうだと妄想していて、気づいたら筆を取っていました。もちろん主人公とイチャイチャしているのも好きですよ。本当です。信じてください。

そんなテーマを含みながら「好きな子には内緒で別の女の子に言い寄られる」という嬉しくなっちゃうコンセプトを持っているのが本作になります。願望贅沢盛りですね。

結果、ライトノベルなのに内容が重たいものになっちゃいました。いえい。

ここで少し本作のヒロインのお話をしたいと思います。

本作のヒロインは二人います。夜咲美彩と日向晴です。

美彩は自分には恋愛する権利なんてないと言いながら、主人公である蓮兎からの甘い言葉を欲しがっていました。時折、傍から見れば「いやそれって」と思うような言動を見せますが、彼女は自分の気持ちにまだ気づいていません。恋愛音痴である彼女がいつかそれを自覚した時、事態はどうなっているのか。想像するだけで胸が締めつけられ熱くなります。

晴は自分には勝ち目がないと思いながらも蓮兎を諦めることができず、遂には彼に歪んだ関係を持ちかけてしまいました。けど、それも仕方がないのかなと思います。彼女はずっと自分の想いを内側で燻らせていました。だけど美彩は蓮兎の想いに応える素ぶりを見せず。だったら自分が、とはならないのが彼女の自信のなさの表れかなと思います。もしかすると、最後のあれは彼女なりの不器用なアプローチだったのかもしれません。

そんな二人は親友同士で、蓮兎を含めた三人は自他共に認める仲良しグループ。でもその関係が実は絶妙なバランスで均衡を保っていたとしたら。ふとした拍子にそれが崩れ始めてしまうのも想像に難くないですね。

本書はめんどくさい恋愛が始まったなというところで終わりましたが、この物語はここから始まるのです。沼は一度ハマるとズブズブ沈んでいくものですから。

最後に謝辞を。

おれあず様。数々の素敵なイラストをありがとうございます。おれあず様のイラストは本作の雰囲気に非常にマッチしているなと思っていて、お引き受けいただいた時点で喜んでいたのですが、できあがったヒロイン二人のイラストを拝見した時はもう感激しました。超絶美人でクールな印象を受けるその姿はまさに想像していた通りの美彩で、人懐っこそうな明るい雰囲気はあるけどどこか陰を感じる可愛らしい女の子はまさに晴でした。今後も一緒にお仕事ができたら嬉しいです。

担当編集氏にはどれだけ感謝してもしきれません。まず他の受賞作と並べてみてどこか浮いている本作を推してくださりありがとうございます。執筆にあたっては的確なアドバイスをくださるだけではなく、私の作品語りに共感を示してくださり、無事モチベーションを維持して良質な一冊を書き上げることができました。本書は担当編集氏なしには生まれなかったと断言できます。

スニーカー文庫編集部の皆様、コンテストの選考委員の皆様、およびその他『好きな子の親友に密かに迫られている』の出版に関わってくださった皆様。厚くお礼申し上げます。そして、Ｗｅｂ版の頃から応援してくださった読者の皆様と本書で初めてお会いした読者の皆様に心から感謝申し上げます。本作、いかがだったでしょうか。性癖が捻じ曲げられたのであれば感無量です。一緒に泥沼に浸かりましょう。また、皆様は美彩と晴のどっち推しなのかお聞きしてみたいです。あ、小田という選択肢も一応置いておきますね。

今後、三人がどのような恋愛模様を繰り広げていくのか。先の展開はまだ考えておりませんが、この少しばかり酸味の強い青春ラブコメの続きを描く機会をいただければいいなと切に願っております。

ここまで読んでくださってありがとうございました。

読者様並びにこの本に携わってくださった皆様に幸多からんことをお祈り申し上げます。

好(す)きな子(こ)の親友(しんゆう)に密(ひそ)かに迫(せま)られている

著　土車(つちぐるま) 甫(はじめ)

角川スニーカー文庫　23921
2023年12月1日　初版発行

発行者　山下直久
発　行　株式会社KADOKAWA
〒102-8177 東京都千代田区富士見2-13-3
電話　0570-002-301（ナビダイヤル）

印刷所　株式会社暁印刷
製本所　本間製本株式会社

◇◇◇

●お問い合わせ
https://www.kadokawa.co.jp/（「お問い合わせ」へお進みください）
※内容によっては、お答えできない場合があります。
※サポートは日本国内のみとさせていただきます。
※Japanese text only

Printed in Japan　ISBN 978-4-04-114468-8　C0193

★ご意見、ご感想をお送りください★
〒102-8177 東京都千代田区富士見 2-13-3
株式会社KADOKAWA　角川スニーカー文庫編集部気付
「土車 甫」先生「おれあず」先生

読者アンケート実施中!!

ご回答いただいた方の中から抽選で毎月10名様に「図書カードNEXTネットギフト1000円分」をプレゼント!

■ 二次元コードもしくはURLよりアクセスし、パスワードを入力してご回答ください。

https://kdq.jp/sneaker　パスワード　**s2x4r**

●注意事項
※当選者の発表は賞品の発送をもって代えさせていただきます。※アンケートにご回答いただける期間は、対象商品の初版(第1刷)発行日より1年間です。※アンケートプレゼントは、都合により予告なく中止または内容が変更されることがあります。※一部対応していない機種があります。※本アンケートに関連して発生する通信費はお客様のご負担になります。

[スニーカー文庫公式サイト] ザ・スニーカーWEB　https://sneakerbunko.jp/

本書は、2022年から2023年にカクヨムで実施された「第８回カクヨムWeb小説コンテスト」で特別賞（ラブコメ部門）を受賞した「好きな子の親友が俺の〇〇を管理している」を加筆修正したものです。

角川文庫発刊に際して

角川源義

第二次世界大戦の敗北は、軍事力の敗北であった以上に、私たちの若い文化力の敗退であった。私たちの文化が戦争に対して如何に無力であり、単なるあだ花に過ぎなかったかを、私たちは身を以て体験し痛感した。西洋近代文化の摂取にとって、明治以後八十年の歳月は決して短かすぎたとは言えない。にもかかわらず、近代文化の伝統を確立し、自由な批判と柔軟な良識に富む文化層として自らを形成することに私たちは失敗して来た。そしてこれは、各層への文化の普及滲透を任務とする出版人の責任でもあった。

一九四五年以来、私たちは再び振出しに戻り、第一歩から踏み出すことを余儀なくされた。これは大きな不幸ではあるが、反面、これまでの混沌・未熟・歪曲の中にあった我が国の文化に秩序と確たる基礎を齎らすためには絶好の機会でもある。角川書店は、このような祖国の文化的危機にあたり、微力をも顧みず再建の礎石たるべき抱負と決意とをもって出発したが、ここに創立以来の念願を果すべく角川文庫を発刊する。これまで刊行されたあらゆる全集叢書文庫類の長所と短所とを検討し、古今東西の不朽の典籍を、良心的編集のもとに、廉価に、そして書架にふさわしい美本として、多くのひとびとに提供しようとする。しかし私たちは徒らに百科全書的な知識のジレッタントを作ることを目的とせず、あくまで祖国の文化に秩序と再建への道を示し、この文庫を角川書店の栄ある事業として、今後永久に継続発展せしめ、学芸と教養との殿堂として大成せんことを期したい。多くの読書子の愛情ある忠言と支持とによって、この希望と抱負とを完遂せしめられんことを願う。

一九四九年五月三日